新典社選書29

万葉 恋歌の装い

菊池威雄 著

新典社

挿絵　佐藤平八

目次

はしがき……9

Ⅰ 人はなぜ歌を詠むのか

1 恋の振舞いと歌……13
2 戯れの恋……18

Ⅱ 「戸令」から見た婚姻の実態

1 恋の障害たる母……25
2 恋と姦……28
3 地方官の恋……30
4 恋の暴走……32

III　恋の禁忌性

1　恋と神婚幻想……37
2　ヲトメをめぐっての対立……39
3　神婚の異常性……41
4　采女の恋……46
5　イモとセ……50
6　聖なる起源……57

IV　集団の歌と個人の歌

1　歌垣と恋歌……63
2　中国少数民族に伝わる歌垣……69
3　万葉の歌垣の歌……71
4　短歌形式の問題……75
5　東歌の世界……77
6　宴の歌から個人の歌へ……82

7 文字表現と恋歌……86

V 皇子、皇女たちの恋

1 恋の鞘当て……99
2 朝川わたる……102
3 花にあらましを……107

VI 玉梓の使

1 泣血哀慟歌の使い……113
2 訃報の使い……115
3 使いの労苦……116
4 黒子役の使い……120
5 待たれる使い……122
6 歌の公共性……123

Ⅶ　天平の恋

1　湯原王と娘子……127
2　宅守と弟上娘子……129
3　笠女郎の恋暦……132

Ⅷ　恋の主題化

1　七夕歌……139
2　七夕歌の座……142
3　幻視された伝承……145
4　立ち隠す雲・霧……148
5　七夕歌の発想……150
6　女人渡河の禁忌……152

Ⅸ　ミヤビと神仙思想

1　松浦川のヲトメ……161

2　ヲトメと風流才士……165
3　遊行女婦と前采女……170
4　憧憬のヲトメ……174

Ⅹ　恋歌の表現

1　二つの表現様式……185
2　寄物陳思歌……186
3　正述心緒歌……189
4　寄物陳思から正述心緒へ……190
5　序詞の景……192
6　優美な景に彩られる恋……197

参考文献……201
あとがき……205

はしがき

心というものは美しくも醜くもなります。しかしそれを表現した詩歌は、たとえ悲しみや怒り、恨みの表出であっても美しく輝きます。ことばの美が全てを浄化するからです。現代人が最も疎かにしているのは、ことばの品格や美ではないでしょうか。日本語を美しいと感じ、自分のことばを磨こうと日ごろから心がける習慣は、必ずしも一般的ではないようです。ことばは文化そのものですから、日本語を愛することは日本文化への理解につながります。

今から二〇年前になりますが、ある小中学校の教職員組合の企画に便乗して中国を訪問したことがありました。中国の教育界とその教職員組合との間に交流があって、中国側に招かれての訪問でしたが、最も印象深かったのは、新疆ウイグル自治区の省都ウルムチでの、教育界のトップの人たちとの意見交換でした。当然通訳を介するわけですが、先ずウイグル語が北京語に翻訳され、さらに日本語にするという二重通訳となります。とても時間がかかり、はじめはいらいらしましたが、あることに気づきはっとさせられました。相手はウルムチきっての知識人です。共通語である北京語を知らないはずはありません。少なくともウイグル語と北京語の通訳は不要のはずです。にもかかわらず彼らは執拗にウイグル語で押し通します。間違いなく彼らはわれわれ日本人にウイグル語を聞かせたいのです。自分たちのことばはこんなにすばらしいのだと主張していたわけです。彼らがおのれの民族文化に寄せる愛着と誇りに胸を衝かれた次第です。

古典というすばらしい文化の研究に携わりながら、ウイグル族の人たちに遠く及ばないことに忸怩たる思いをしました。ことばの美しさは、ことばが指示する事や事柄だけではなく、主としてことばの韻《ひび》きによって成り立ちます。その韻きを様式として方法化したのが和歌にほかなりません。日本語のすばらしさ、その原点である万葉集の歌を、特に若い人たちに知ってほしいと思い、その中から恋の歌を取り上げてみました。

本書は、恋歌の本性やその豊かな領域、表現の仕組みやその変遷などを、古代の人々の生活心情や時代の仕組み、信仰などとの関連の中で捉え、そのすばらしさを筆者なりに解き明かしたものです。

なお、万葉の引用歌は日本古典文学大系の万葉集（岩波書店）に拠り、歌番号もそれに従いました。

Ⅰ　人はなぜ歌を詠むのか

1　恋の振舞いと歌

　万葉では恋歌は相聞歌と称されます。相聞とは心を交し合う歌のことです。ですから当然恋の情感によらない、親しい同性や親族の間などで取り交わされた歌を包みますが、その大半は古今集以下の勅撰集の主要な部立てとなった「恋歌」に相当します。万葉集四五〇〇余首中、「相聞」に分類された歌だけでも一七〇〇首を超えます。万葉の主要な部立ては雑歌・相聞・挽歌ですが、そのような部立てを置かない巻十五以降の巻にも、多くの相聞歌が収められていますので、実質的には相聞歌は万葉歌の半数は超えることになります。

　恋歌に限りませんが、万葉の人々はなぜ歌を詠むのでしょうか。現代歌人が短歌を詠むのは文芸意識に基づく自己表現ですが、万葉人が歌を詠む契機は当然現代とは違っていたはずです。もとより万葉後期の奈良時代には現代に近い文芸意識も芽生えはしますが、当初からそのような創作意識に従って歌を詠んだわけではありません。

　それでは万葉人はなぜ歌を詠むのか、彼らを和歌表現に駆り立てたものは何であったのか、そして恋の現場にまで歌が浸透した要因はどのようなものであり、またどのような段階を踏んで万葉の相聞歌に至ったのか、そのような基本的な疑問から扉を開いていきます。

　少しでも古典に親しんだ人には、心の交流の手段として和歌が日常的に詠み交わされていたことは自明のことと思います。今日ではメールや携帯電話などがコミュニケーションの主要な手段となっています。特に時々刻々と移り変わる心をリアルタイムで相手に伝えることのできる携帯電話の利便さは、それなりの文化を生み出す契機になるかもしれません。しかし反面、整えられた美しい表現を、感覚的で饒舌な話しことばに埋没させる危険性を伴っているように思います。話しことばも豊かな教養や感性のにじみ出た美しさを帯びる場合があり、一概に貶めることはできないにしても、ともすれば冗漫に流れやすいことも事実です。和歌はそのような日常の話しことばの次元を超えた特異な言語表現です。それは現実を動かす不思議な力を持つものとして、少なくとも中世あたりまでは信じられてきました。和歌が最も優れた文芸形態でありつづけたのは、和歌のそのような力に起因します。

近代以降和歌は短歌と呼ばれて近代詩の枠組みに位置づけられ、短詩型文学とも称されてきました。両者は互に疎外しあう側面をもちながらも、等しく時代に即応した抒情の表出を目指して現在に至っています。しかし短歌が古典の和歌と決定的に違っているのは、日常生活における心の伝達という機能をほとんど失っていることです。それは現実を動かす力の喪失を意味しているかもしれません。手紙の片隅に一首を書き添えるといった遊び心もまれにはあるかもしれないし、同好の士が歌を交換することも全くないわけではありませんが、それは一般的ではありません。

いにしえの人びとは日常の生活の中で自在に歌を詠んでいたらしい。万葉の歌の場を取りあげるに先立って、よく知られている平安時代の例をみましょう。例えば伊勢物語の著名な初冠の段（第一段）では、在原業平とおぼしき成人したばかりの初々しい「むかし男」が、奈良の春日の里に狩にでかけ、思いがけず美しい姉妹を「かいまみ」します。垣根の隙間からのぞきみたわけです。現代では犯罪行為ですが、当時の深窓に息づく女性を見るためには、このような手段しかなかった。したがって垣間見《かいまみ》は恋の格好の場面として平安の物語にしばしば登場することになります。「むかし男」はいたく心を揺さぶられ、とっさに自分の着ている狩衣《かりぎぬ》の裾を切り取り、それに次の一首をしたためて姉妹に伝えます。

　春日野の若紫のすり衣しのぶの乱れ限り知られず

男は狩衣は「しのぶずり」に染めてありましたが、「しのぶずり」とは、「戻摺《もぢず》り」のことで、髪を乱したような染め方といわれています。紫で染められた私の「しのぶずり」は、あなたをしのぶ思いでかぎりなく乱れていますの意、春日野の若紫は姉妹をなぞらえたもの。紫（紫草《むらさき》）は根が染料となります。それで染めたものは今日では紫根染《しこんぞ》めといわれています。

この「むかし男」の当意即妙の振舞いは、初冠の段で「いちはやきみやび」と賞賛されています。「いちはやき」とは激しい情熱の意であるらしい。この「むかし男」の苛烈な雅《みやび》の振舞いに呼応するように、業平より少し時代が下る、同じく色好みの男として浮名を流した平定《たいらのさだ》文《ふみ》のとっさの振舞いが伝えられています。「大納言国経朝臣の家に侍りける女」としのぶ仲となって、行末まで契ったが、女はにわかに時の権力者である藤原時平《ふじわらのときひら》に引き取られてしまった。文を通わすこともできなくなった定文は、時平家の西の対に五歳ほどの女の子が遊んでいるのを呼び寄せ、母に見せよとその腕に次の一首を書きつけました。

むかしせしわが兼言《かねごと》の悲しきはいかに契りしなごりなるらん　（後撰集11　七一〇）

かねての約束（兼言）がこのような悲しいさまになったのは、あなたがどのように契った名残なのでしょう、という恨み言の一首です。

業平には恋の勝利者の印象が伴いますが、平定文には敗北者の面影が濃く、その敗北には滑稽な笑いが付きまといます。同じくとっさの振舞いであっても、幼い女の子の腕に歌を書き付けた定文の行為には、「むかし男」の胸のすくような爽やかさはなさそうです。この話とともに著名であったらしいのは、恋の空涙にうっかり墨を使い笑いものになったという定文墨染譚です。この逸話は源氏物語の末摘花の巻末近く、源氏と紫上との戯れの会話に引き出されています。

いずれにしろ和歌は日常生活の節目となって昔の人びとの心を彩っていたのです。右はいずれも文字によって歌を伝える例ですが、本来和歌は声の文学でした。声によって歌いかけ、声によって応えるという歌のやり取りの場も、平安文学に多く語られています。これも伊勢物語でおなじく著名な章段ですが、歌を人知れず口ずさんだ次の話は歌の基本的な在り方を示しています。

大和に住む〈むかし男〉が幼馴染の女を妻にするが、やがて女は親を失って貧しくなるにつれ、男は隣の河内に新しい妻を儲《もう》け、初めの妻の元からそこへ通いだします。妻は快く男を送り出してやるのですが、男はそれを女の愛が薄れて他に男ができたからなのかと疑い、河内へ行くふりをして前栽（縁先の植え込み）に隠れて様子をうかがうと、女は念入りに化粧をして、ぼんやりと河内の方をながめつつ、

風吹けば沖つ白浪たつた山夜半にや君がひとりこゆらん

と歌いました。白浪が立つから龍田《たつた》へ転ずる序を上に据えて、龍田山を夜半一人で越えていく男の身をひたすら案じたこの歌を聞いた男は、限りなくいとしさがつのり、その後は河内へ通わなくなります。一方河内の女もあわれで、物語は河内の女にも同様な場面を設定します。男は新しい女にも未練が残り、こっそりと垣間見ますが、女は当初の新鮮さを失って、自ら「飯《いゐ》匙《かひ》」（杓子）をとって飯を器に盛っています。当時としてはそれは下女の振舞いでした。それでも女は男のいる大和の方をみやって、

君があたり見つゝを居らむ生駒山雲な隠しそ雨は降るとも

と歌いました。あなたの住む大和の方を見ていよう。隔ての生駒山を雲よ隠してくれるな、た

とえ雨が降ろうとも、という切実な思いを訴えた歌に男は心を打たれます。しかしそれでも男は河内へは通わなくなったといいます（二十三段）。男の愛をひたすら信じて待つ女の哀感を語る説話です。歌の力によってつなぎとめられる恋がある一方で、歌によっても切れてしまう、恋というものの不条理を語る物語ですが、思いのたけを声に出して歌うという、和歌の在り方を端的に物語っている例でしょう。

2　戯れの恋

平安時代のような豊かな物語をもたない万葉の時代、歌の具体的な場は万葉集の歌に添えられた題詞や左注などによって推測するほかはなく、文字によって伝えられたものか声によって直接歌いかけられたものか判然としないものが大半です。相聞の当事者が距離的に隔てられている場合は、文字で伝えるほかはないのですが、ただ、平仮名の発達した平安時代と違って文字化はたやすいことではなく、それだけ声に依存する割合は高かったのではないかと思われます。例えば集宴歌は明らかに声の応酬で進行したはずです。歌は声を追って記録されます。即興的に詠まれる場合は別として、参加者があらかじめ用意したメモを記録係が回収したこともあったに違いありません。次の例は日常の中で声によって歌いかけられたと考えられます。

安部朝臣虫麿の歌一首

向ひゐて見れども飽かぬ吾妹子《わぎもこ》に立ちわかれ行かむたづき知らずも　（4・六六五）

大伴坂上郎女《おほとものさかうへのいらつめ》の歌二首

相見ぬはいく久《ひさ》さにもあらなくにここだく吾は恋ひつつもあるか　（4・六六六）

恋ひ恋ひて逢ひたるものを月しあれば夜は隠《こも》るらむしばしあり待て　（4・六六七）

右、大伴坂上郎女の母石川内命婦《ないみやうぶ》と、安部朝臣虫満《むしまろ》の母安曇外《あづみげ》命婦《みやうぶ》とは、同居の姉妹、同気の親《はらから》ぞ。これによりて郎女と虫満と、相見ること疎《うと》からず、相談《あひかたら》ふこと既に蜜《こまか》なり。聊《いささ》か戯《たはぶ》れの歌を作りて問答をなしき。

坂上郎女と虫麿の母同士が姉妹だから、両人はいとこの関係で親しい仲であり、戯れて冗談を交わしあったという作歌事情を記したのが左注です。なお内命婦とは四位・五位の女官、外命婦は四位・五位の官人の妻をいいます。この左注がなく歌だけをみれば、二人は相愛の恋人となります。直接会っていても見飽きないあなたの元を立ち去る手立ても分からないという、虫麿の手放しの恋心の表出に、郎女は、逢わないのは久しい間でもないのに、こんなにも私は恋しく思っていますという意の歌と、恋しい思いを重ねてようやく逢ったものを、月があるからまだ夜は深いでしょう、しばらくそのままおいでなさいという歌を返しています。

郎女の二首目は夜明けの後朝《きぬぎぬ》の別れを少しでも先に伸ばしたいという思いを歌っています。夫婦の朝の別れをキヌギヌというのは、うち重ねて夜具とした衣がそれぞれの衣になるからです。これはいじらしく初々しい妻を演じた歌です。左注が「戯れの歌」というのは、二人の演技を語ったものです。題詞や左注は両者の関係を知悉していていた巻四編纂者の筆でしょう。もし左注がなければ安部虫麿は郎女の恋の遍歴に名を連ねることになったに違いありません。歌自体は作歌動機を振り捨ててみれば、紛れもなき恋歌となっています。

日ならずして逢った二人は、おそらく文字ではなく声で歌を交わしたものと思われます。歌を書いて交わしあった可能性も完全には否定できませんが、ひらがなではなく漢語や万葉仮名で記すにはかなりの時間を要するでしょう。ちなみに虫麿の歌は原文では「向座而　雖見不飽吾妹子二　立離往六　田付不知毛」と表記されています。当意即妙の呼吸には興をそぐ時間的な弛緩はそぐいません。笑いとは壊れやすい硝子のようなもので、絶妙な時間のインターバルに結晶する生理でしょう。

郎女と虫麿の贈答歌は明らかに擬似恋愛ですが、それを可能にしたのは歌の虚構性です。歌が虚構性を抱え込むのは、それが日常のことばとは次元を異にしているからです。歌の上ではどんな嘘をついてもそれを言質に日常が縛られることはないという、歌の共通理解が自在な発想を可能にしていきました。

坂上郎女には右の他に、大伴駿河麿との間に恋歌の応酬があります（4・六四六〜六四九）。郎女は安麿の娘で駿河麿は安麿の兄の御行《みゆき》の孫ですから、二人は伯母と甥の関係にあります。

左注はその親族関係を記して、「歌を題し送り答へ、起居を相問ふ」と述べています。近況を問うたわけです。直接顔を合わせた虫麿の場合と違って、この場合は文の交換です。郎女の「起居相問」は、娘の大嬢《おおいらつめ》や婿の家持《やかもち》などにも及びますが、いずれも恋歌の色調を帯びています。

郎女のみならず、万葉では親族や友人などの親しい者同士の贈答歌の多くは恋歌の発想をとっています。注意しなければならないのは、それらを恋歌の模倣と短絡的に見てしまうことです。異性への恋と友人などへの親愛の情とは心情の上で重なっています。恋人であれ友人であれ、逢いたいという形を持たない心は、同じく〈思ふ〉〈恋ふ〉としか表現できないからです。

II　「戸令」から見た婚姻の実態

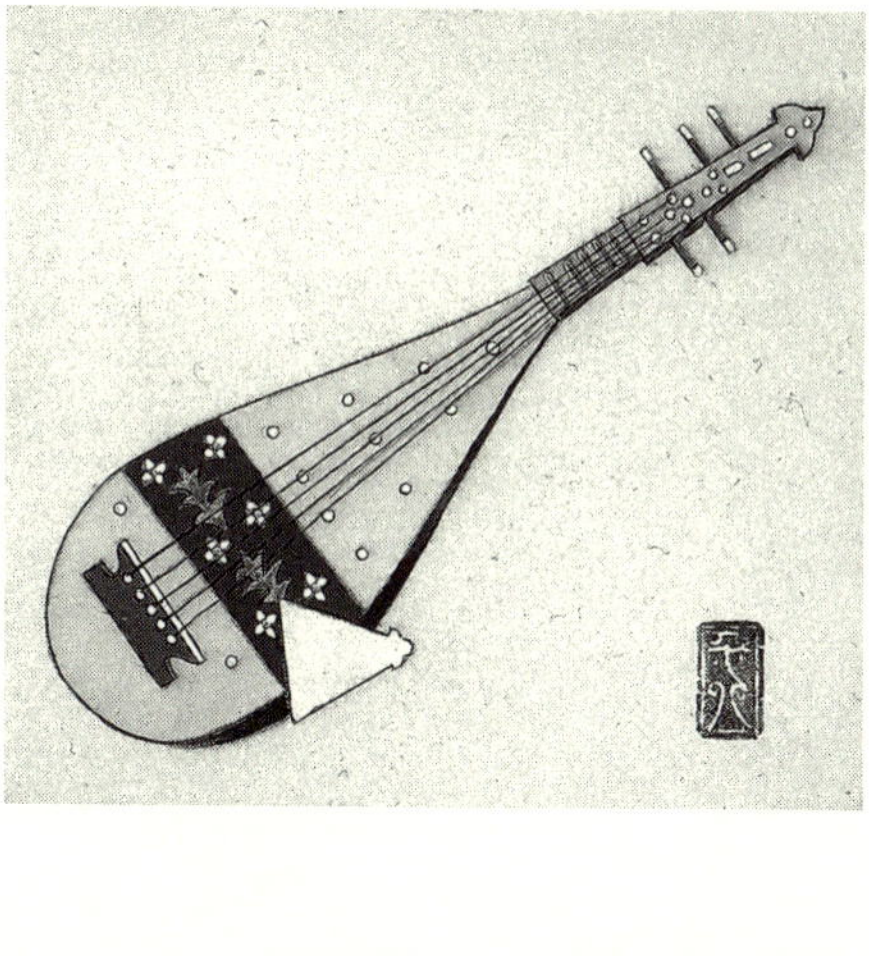

1　恋の障害たる母

恋歌は恋心の深度を相手に伝え、相手を自分と同じ深さに引き入れる表現ですが、いったい恋とは古代においてどのようなものだったのでしょうか。現代では恋は婚姻に至るまでの過程に発する心の交流であり、恋愛結婚と称せられるように恋と婚姻は対立する概念ではありません。しかし恋は求心的に当事者だけの時空を共有する願望であり、個人的なエゴイズムを貫く行為なのです。対して婚姻はあくまで家と家、氏族と氏族との間に新たな関係を作り出す社会的制度であり、両者は本質的に対立関係にあります。ラッセル結婚論（岩波文庫　バートランド・ラッセル著　安藤定雄訳）によれば、二人の人間が一緒にいる喜びである恋に対して、婚姻は「子供が生れる事実を通して、社会の緊密な構造の一部を形成」し、恋という個人的な感情をはるかに越えた重要性を有する制度だといいます。この考えは恋を婚姻に至る一階梯《かいてい》とみる今日的な通念に近いでしょう。おそらく時代が遡るほど両者の関係はより複雑かつ対立的であったと思われます。

恋は政治機構や生活習慣などによって計画的に生み出されるものではありません。あくまで日常的な場で予期せぬ偶然によって発生します。したがって恋の制度化は不可能ですが、婚姻は社会のしきたりですので、一定の秩序を与え制度化することができます。しかしながら恋はその婚姻の制度と密接にかかわりながら発生します。なぜなら共に男と女の問題だからです。万葉時代の恋を知るには、婚姻制度を見る必要があります。古代において支配的に見られるのが妻問婚で、夫婦別居が建前でした。その妻問婚を経て妻方住居あるいは独立住居のいずれかに移行するのが、万葉時代だといわれています。[1] 妻問婚は母系制の名残とされており、婚姻において最も力を持っていたのは娘の母親でした。

婚姻とは上に述べたように家と家、あるいは氏族と氏族との間に新たな関係を作り出す社会的制度です。家や氏族の盛衰は婚姻によって左右されます。婚姻には、蓄積された財産、生産力や生産手段などによる身分の格差、あるいは信仰などにかかわる複雑な要因が絡んでおり、自ずから通婚圏が限られていきます。つまりそれだけ自由な婚姻が制約されることになります。当然通婚圏を越えての妻問いは共同体から指弾されることになります。

それでは限られた通婚圏内部において、若者たちは主体的に配偶者を選ぶことが出来たのでしょうか。

たらちねの母に障《さや》らばいたづらに汝《いまし》もわれも事成るべしや　（11・二五一七）

たらちねの母に知らえずわが持てる心はよしゑ君がまにまに　（11・二五三七）

かくのみし恋ひば死ぬべみたらちねの母にも告げつ止まず通はせ　（11・二五七〇）

右の万葉歌は男の求愛に惑乱する女の歌です。私の母を気にしていたら結局会うことはできませんよという一首目、母に内緒であなたを思う心は決まっていますので、思いのままにして下さいという二首目、恋しくて死にそうですので思いきって母に打ちあけました、だから安心して通って下さいという三首目、いずれも母に心をくだいています。これらの例が通婚圏の侵犯であったとはかならずしもいえないでしょう。それにしても女はなぜ母を恐れるのでしょうか。恋人たちにとって当面の障害は女の母でした。母系的紐帯が強く残る古代では母が事実上の婚主でした。婚姻を取り仕切るのは女の母なのです。母親の承認なくしては恋人たちの未来は閉ざされるわけです。三首目の歌は、幸いに母親の許しを得た歓喜を歌っています。

律令の「戸令」によれば、「凡《およ》そ先に姦《かん》して後に娶りて妻妾と為せば、赦に会ふと雖《いへど》も猶之を離せ」（原文は漢文）と規定しています。先に性交渉をして後に妻や妾（妾は法的に認められており、その子には相続権もあった）にした者は、たとえ恩赦に会っても離縁させなければならないという規定です。律令の条文に付された解説書である令集解《りょうのしゅうげ》によれば、「礼」によらない交渉は合意の上でも「姦」であり、祖父母などが婚娶を聴《ゆる》しても、後に「姦」が発覚すれば恩赦に会ってもこれを赦さない、という趣旨の解説を施しています。「姦」は婚姻の礼によらない婚姻関係であり、相手が未婚の場合は徒一年（労役）、他人の妻妾である場合（重婚にあたる）は徒二年となります。

右の歌はいずれも「戸令」に違反しているようです。「礼」によらない婚姻とは、媒介（なかだち）を立てないで恣意に実行される婚のことで、婚姻が個人のものではなくあくまで社会的規範であることを示しています。性交渉を「姦」とするのは儒教的な道徳律ですが、それが「婚」に結びついたときにはじめて処罰の対象になるわけで、「姦」のみで罪になるわけではありません。ただ、「姦」の当事者は安定的な関係である「婚」を切望するのが自然ですから、「戸令」の規定は恋人たちにとっては大きな障害になった可能性があります。

はたして女の母は、「戸令」に従って娘の前に立ちはだかったのでしょうか。この「戸令」については、従来古代の実態を表しているという見方と、[2] 実態にはそぐわなかった、つまり婚姻のほとんどは男女の性の交渉から始まるという見方に[3] わかれますが、どちらかといえば後者の見方が勝っているようです。

2　恋と姦

近年まで沖縄諸島では、歌舞即恋愛、恋愛即性交、性交即結婚、結婚即歌舞という一連の流れがあったといわれています。沖縄諸島では、祭りの日に限らず、例えば女たちが夜バショウ苧《お》を紡いだりするヤマガ（またはユナビサ）などと呼ばれる作業場に、若い男たちが集って歌い、戸外に出て踊る、といった習慣など歌舞と生活が一体化されていました。村によって多少の違いがあっても、階級分化に伴う通婚の規制は見られず、結婚はイエ本位ではなく、男女の自由な結合がイエの干渉によって破壊されるようなことはなかったといわれます。[4] つまりは若者の恋の赴くままにまかせても、それによって崩壊するほど社会の仕組みは複雑でも脆弱でもなかったということでしょう。しかしそのような沖縄の状況をそのまま万葉の時代に置き換えられるほど、万葉の時代は均一な社会ではなかったようです。

さ寝がには誰とも寝めど沖つ藻の靡きし君が言《こと》待つわれを
（11・二七八二）

寝るということであれば誰とも寝るだろうが、沖の藻のように靡きよったあなたの言葉を心待ちにしている私であるよという女の歌ですが、この歌から未婚の男女の自由な性交渉を想定する見方がされています。[5]「寝めど」は仮定条件に近い語法ですから、直ちに実態を表出しているとは必ずしもいえません。女である歌い手の性的な欲求が「君」を思うという心によって限定されているわけで、その対極に自由な性交渉という対立項を立てたに過ぎないとも考えられます。

「戸令」は、婚姻以前の交渉を「姦」とする規定に先立って、「凡そ結婚已に定まり故なく三月成らず、及び逃亡一月還らず、若しは外蕃《がいはん》に没落して一年還らず、及び徒罪以上を犯せば女家離さんと欲する者は之を聴《ゆる》す」と記します。離縁の条件のうち、「結婚已に定まり故なく三月成らず」について、一説によれば、家父長が結婚を認めても、三か月以内に親族の反対や、里人の悪評があれば結婚を解消しなければならないという意味ともいわれています。「姦」の噂は格好の「悪評」となります。人目・人言を異常に恐れ、女の母に悟られないような忍び、女の母に追い返される訪れなどが万葉に歌われるのは、「戸令」の建前が厳然と生きていたからだといいます。ただ、「故なく三月成らず」は単にさしたる理由なく訪れない男の不実をいっているのかもしれません。それも「女家離さんと欲」する場合に限られるのですから、離縁が義務づけられているわけではありません。おそらくそのように理解すべきだと思われますが、いずれにしろ「戸令」は律令政権の重要課題である戸の安定を目指した規定でした。

3　地方官の恋

「戸令」の実効性に関わるものとして、大伴家持の「史生尾張少咋《をくひ》に教へ喩《さと》す歌」（18・四一〇六～四一〇九）は示唆に富んでいます。下僚の書記官が、遊行女婦《ゆぎょうじょふ》（後世の遊女に近い女、ウカレメと訓まれる）の「左夫流児《さぶるこ》」に鎖のように「いつがり合」って、都で帰りを待っている妻をないがしろにしているのを、越中守家持が諭した作品で、長歌に反歌三首が添えられています。反歌から二首を引用します。

里人の見る目恥づかし左夫流児にさどはす君が宮出後風《みやでしりぶり》　（18・四一〇八）

紅《くれなゐ》は移ろふものそ橡《つるばみ》の馴れにし衣《きぬ》になほ若《し》かめやも　（18・四一〇九）

左夫流児に迷っている君の出勤する後姿は里人の評判になってまことに恥ずかしいというの

が一首目、遊女の家から出勤する姿を詠んだものでしょう。二首目の「紅」は遊女、どんぐりのカサで染めた粗末な衣は都の妻の喩《たと》え、紅はどんなに美しくてもすぐに褪色するから橡の衣に及ばないの意です。国守には下僚の監督義務があり、この場合は私生活に及びますが、下僚のスキャンダルは行政にも影響がでます。愛妻家である家持らしい諭し方です。家持はこの作品の序の一部に以下のような「戸令」の条文を引用しています。

七出の例に云はく、
但し一条を犯せらば、即ち出すべし。七出無くて輙《たやす》く棄つる者《ひと》は、徒《づ》一年半ならむといふ。
三不去に云はく、
七出を犯せりとも棄つべからず。違へる者は杖一百ならむ。唯姧《かん》を犯せると悪疾とは棄つること得むといふ。

七出とは、妻を離縁させることのできる七つの権利規定です。七つとは、一子無き・二淫泆《いんいつ》・三舅姑《きゅうこ》に事《つか》へず・四口舌《こうぜつ》・五盗竊《とうせつ》・六妬忌《とき》・七悪疾です。律令は男性中心の中国の法を導入して作られたために、女性には不利に機能します。一の、子を産まないことが離婚の条件になっているのはその典型です。四の口舌は、夫の悪口や不平不満を世間に撒き散らすことでしょう。三不去とは、「一には舅姑の喪持《たす》くるに経《へ》たる。二には娶《ま》いし時に賤《いや》しくして後に貴き。三には受けし所有りて帰す所無き」の三つです。夫の父母に孝養を尽くした妻、最初は貧しくて夫と苦労をともにした結果裕福になった妻、離縁しても帰るところがない妻となります。七出に抵触してもこの三つの場合はその限りではないという規定ですが、それでも義絶・淫泆・悪疾の場合は離縁できるとあります。義絶とは夫の父母に暴力を振るったり、夫の身内を殺害したり、夫を殺害しようとする行為による離縁です。

家持は七出・三不去という「戸令」の権威をもって下僚を戒めているのですが、それが当時の官人たちの倫理観として確立されていたとは必ずしもいえないでしょう。旅先や赴任先で遊女など土地の女性を愛するのはごくありふれたことでした。指弾されるのは同僚や領民の批判を浴びるほどの行過ぎた遊興です。家持がことさら「戸令」を振りかざしたのは、少咋に対するある種の揶揄ではなかったかと思います。右の二首には明らかにからかいの意識が感じられます。

4　恋の暴走

恋は抑制不可能な、衝動的で、了解不可能な情念の奔騰です。恋が至福の夢であると共に、時としておぞましくもあるのは、婚姻秩序を破綻するからです。それは社会の崩壊を招きかねない危険性をはらんでいました。尾張少咋の振舞いが指弾されるのは、恋のそのような危険な一面が表面化したからで、恋そのものが否定されたわけではないのですが、どうやら恋は避けがたい人間の業であるようです。

その救いがたい業を赤裸々に語る古伝承に日本霊異記（日本国現報善悪霊異記）の説話があります。例えば「烏の邪淫を見て、世を厭《いと》ひ、善を修する縁」（中巻第二）の烏の「邪淫」は恋の反倫理の姿です。雌烏が雛の養育を放棄して邪淫におぼれる様は、まさに恋情に翻弄される人の業の投影であり、淫乱により子を棄てて飢えさせた女が、死後乳を腫らして苦しむ姿で法師の夢に現れたことを語る、「女人、濫《みだりがは》しく嫁ぎて、子を乳に飢ゑしむるが故に、現報を得る縁」（下巻第十六）と同じく、子を慈しむことは社会秩序の基本であり、それが邪淫によって破綻される例です。親子関係は社会を構成する基礎的単位である家族の重要な縦軸です。それがなければ父と母は単なる男と女に還元されて、家族は崩壊することになります。

日本霊異記は恋のそうした反社会性を邪淫といい、恋の底深い悲しさを「愛欲」と称してそれを避けがたい因縁と説いています。大きなる蛇に「婚《くなかひ》」せられて死んだ女の話（中巻第四十二）の中で、「其れ神識《たましひ》は、業の因縁に従ふ。或いは蛇・馬・牛・鳥に生れ、先の悪契に由りて、蛇となりて愛婚し、或いは怪しき畜生と為る。愛欲は一つに非ず」と語っています。恋の不条理を因果の法則によって説明するのが仏法です。仏法は恋という業を過去・現在・未来という時間の法則によって捉えますが、「戸令」の論理は専ら現実の社会秩序にかかわっています。

「戸令」の倫理規範がどこまで浸透しどこまで実効をあげたのか疑問です。日本の律令が形成され整備されたのは七世紀後半から八世紀初頭にかけてです。具体的には天智朝の近江令、続いて天武朝の浄御原令、さらに文武朝の大宝令、そして元正朝の養老令へと整備されていきました。今日見ることのできるのは、大宝令に若干手を加えた養老令であり、ほぼその全貌が伝えられています。したがって「戸令」も文武朝（七〇一～七〇七）の大宝令までは遡ることができますが、それ以前の内容は確認できません。

律令が施行され社会の底辺まで浸透するには相当な時を要するでしょう。政権の支配力の強い宮都やその周辺に対して地方では更に時間がかかると思います。おそらく多様な文化や習俗を持っていたはずの地域共同体の反応は一様ではなかったでしょう。法が生きるのは法の理念が現実に即応する場合に限られます。性交渉を「姦」とする、おそらくは庶民感覚とは異質な中国的倫理観が浸透するには、それを受容する受け皿がなくてはならなかった。仏教的倫理観もその一つでしたが、恋と婚姻には古代信仰にかかわる底深い禁忌がありました。

III　恋の禁忌性

1 恋と神婚幻想

婚姻は神婚幻想に支配されます。巫女が神殿にこもって神を迎え、神婚が完了して神が巫女の姿を借りて神殿の外に姿を現すという神祭の聖なる流れに、恋から結婚への移行が重ねられるといわれます。[6] 今日でも結婚は神の保証を必要とします。神前結婚であれ教会での挙式であれ、婚姻は神の祝福を受けることを核として営まれます。神婚幻想とは、時を定めて人の世に訪れる聖なるヲトコ（神）とそれを迎える聖なるヲトメ（巫女）との関係に立つことです。そのような関係が社会の成員に承認されるのが婚姻であるとすれば、恋は日常の次元で聖なるヲトコ・ヲトメの関係を独善的に追い求めることになります。恋を秘さなければならない理由がそこにあります。それが恋の禁忌性にほかなりません。なぜなら恋は日常性を突き抜けて一挙に神の世界へ転ずる不遜な振舞いだからで、現実の婚姻秩序はそれによって揺さぶりをかけられます。恋が純粋であれば、人の世に孤立せざるを得ず、時には人の世のほかなる世界――死に至ることにもなりかねません。

人もなき国もあらぬか吾妹子と携ひ行きて副《たぐ》ひてをらむ　（4・七二八）

人のいない国があってほしい、そこへ手を携えて行き共に住みたいという右の家持の歌は、対の関係にある二人の間に第三者を介在せしめない、閉ざされた世界、すなわち聖なるヲトコとヲンナである夫婦の神、イザナキ・イザナミの関係に立とうとする願望を歌っていることになります。社会からの離脱という形で社会への抵抗を示している歌とも考えられます。

しかし神婚幻想は恋と婚姻との回路ともなります。恋は幸運に恵まれればその回路を潜ることで社会秩序に組み入れられる。古代においても恋を社会が追認することも当然あり得たのですが、それは恋の破壊力を社会に吸収するための人の知恵でもありました。しかし恋は婚姻への過程ではなく、基本的には相容れない関係にあります。

古代的観念から言えば、恋は神の領域の侵犯です。未婚のヲトメは共同体の神の所有と考えられていたらしく、例えば神事として営まれる田植えの早乙女が未婚の女であるのは、彼女たちが神の側に属するからです。

誰そこの屋の戸押そぶる新嘗《にふなめ》にわが背を遣《や》りて斎《いは》ふこの戸を　（14・三四六〇）

その年の新穀を神に捧げる新嘗の夜は神が訪れる神聖な時間帯です。夫婦といえどもこの一夜の同衾《どうきん》は禁忌でした。既婚の女であってもヲトメとして神を祭りその訪れを迎えなければなりません。夫を外に出して独り屋内にこもって潔斎する女、それは女に横恋慕する男にとってまたとない好機でした。そのようなけしからぬ振舞いに駆り立てるのも恋というものの独善性です。一方女の方もひそかにそれを期待している節がこの歌から感じ取れます。この歌は、男が女を神から奪い取ろうとしているスリリングな状況を、女の息遣いを通して物語っています。

男が神を装って神婚を自らのものにしようとするのが恋の典型です。それゆえに恋は秘められなければならないのです。

婚姻とは、神の女を神を装った男が妻問うという仕組みが、社会から認められた状態であり、恋とは、いまだ社会の承認を得られない段階であるといってもよいでしょう。神とは、人の存在や営みを、現実を超えた次元から保証するために幻想された存在ですから、恋も個人のレヴェルで神を倣《なら》わなければなりません。そういう意味で恋は神の行為そのものといえるでしょう。

2　ヲトメをめぐっての対立

神とヲトコとはヲトメを巡ってしばしば対立します。そのような主題をはらむ古代伝承は少なくありません。例えば日本書紀の崇神天皇の六年に、それまで宮殿内に安置していた天照《あまてらす》大神《おおみかみ》と倭大国魂《やまとのおほくにたま》神の二神を、その神の勢いを恐れて天照大神を豊鍬入姫《とよすきいりひめ》に託して倭の笠縫に、倭大国魂神を渟名城入姫《ぬなきいりひめ》に託して祭らせたが、やがて渟名城入姫は「髪落ち体痩《やすか》み」て祭ることができなくなったという記事があります。なぜ天皇は天照大神を宮殿から遷さなければならなかったのでしょうか。神は祟りなすもので、うかつには近づけません。渟名城入姫の消耗も神仕えの緊張によるのでしょう。根底にあるのはヲトメをめぐっての神とヲトコとの緊張関係であると考えられます。その緊張関係の中でヲトメが犠牲になった例でしょう。

同じく崇神天皇の十年の、著名な三輪山伝承の姫である倭迹迹日百襲姫《やまとととひももそひめ》も犠牲者のひとりです。ヒメは三輪山の神である大物主の妻となったが、この神は昼は見えずして夜のみ通ってくるため姿がわからない。顔を見たいというヒメのたっての願いを容れて、翌朝神はヒメの櫛《くし》笥《げ》にこもります。ただし姿を見て決して驚いてはならないという。ヒメが櫛笥を開いてみると、そこには蛇がいました。驚きの声を発したヒメに神は怒りをあらわにして三輪山に帰ってしまいます。ヒメは後悔のあまりその場に腰を落とし、箸に「陰《ほと》」（女性器）を突いて急死したといいます。三輪の大物主は祟り神として猛威をふるっていました。天皇はこの神を鎮めその祭司権の掌握を試みましたが、その過程に起こった悲劇でした。

神とヲトコとの対立で、ヲトコが犠牲になった例を古代文献から二例挙げることができます。一つは仲哀天皇です。日本書紀の仲哀天皇の九年、神ありて新羅《しらぎ》を討てという託宣を下します。熊襲《くまそ》の平定を目指していた天皇は、神のことばを疑って従わず、重ねての神の勧めも拒否して急死します。琴を弾じて神下しをした天皇に対して、神は皇后に憑依して託宣を下しますが、天皇は神を疑って弾琴の手を休めます。臣下の建内宿禰《たけしうちのすくね》にたしなめられて、天皇はしぶしぶ琴を弾きますが、やがて琴の音が絶えます。火を灯してみると天皇はすでにこと切れていたという奇怪な話です。皇后は神功皇后《じんぐうこうごう》と称され、天皇に代わって新羅征伐をしたと日本書紀は語っています。

もうひとつは常陸国風土記の那珂郡の条に伝えられた伝承です。ヌガヒコとヌガヒメという兄妹がいました。時に名も知らぬ男がヒメを訪ねてくるようになり、やがてヒメは小さな蛇を生みます。ヒコとヒメはこれを怪しみ神としてもてなします。初めは杯《つき》に入れて壇に安置しますが、子は一夜にして杯に満ちあふれ、瓮《みか》に替えるとそれからも満ちあふれます。数日にして用いる器がなくなり、これ以上養うことが出来ないとして、父の所へ帰れと子を追い出します。子は泣き悲しみ、せめて一人の子供を従者としてもらい受けたいといいます。それは不可能だと言い聞かせると、子は怒りを発してヒコを殺して去ったという話です。

この伝承の場合は、ヒコとヒメが兄妹の関係にあります。神は両者の間に割って入る形でヒメを妻問うています。やがてヒメは神の子を生みますが、その異常な子がなぜ母の兄であるヒコを殺すのか、そもそもこの話になぜヒコの存在が必要なのか、後に詳しく述べますが、兄妹婚を背後においてみないと説明できません。ヒコの死は、ヒメが神とヒコの双方に対して妻であるという錯綜した関係から生じたものでしょう。

3 神婚の異常性

三輪山伝承のように神とヒメとの結婚はよく異類婚の形で語られます。ヤマトトトヒモモソヒメの俤《おもかげ》は、伊勢の斎宮《さいぐう》と重なってきます。上に述べた天照大神を祀った豊鋤入姫《とよすきいりひめ》が斎宮の元祖です。斎宮とは天皇に代わって伊勢神宮に派遣される高貴な女性です。天皇の姉妹あるいは娘など身内の女性から占いによって選定されます。どうやらアマテラスも蛇神であったようです。神は様々な霊格を持ちますが、蛇は神が妻問うときの霊格でしょう。

太神宮参詣記（続群書類従　第一輯下）に、斎宮の夜の御衾《おぶすま》の下に朝ごとに蛇の鱗が落ちている、という噂のあったことが伝えられています。式年遷宮の年に当る弘安九年（一二八六）、真言宗の僧通海が伊勢神宮に参詣した折の記録ですが、式年遷宮とは、社殿や宝物などすべてを新調して、アマテラスに新しい神殿にお遷りいただく儀式で、伊勢神宮では二〇年ごとに行われます。通海はこの噂について太神宮の神官に尋ねたところ、神官はその噂を承知していて、太神宮はその生まれも淫欲によらず化生した神であり、天忍穂耳尊《あめのおしほみみのみこと》を生んでも、「みとのまぐはひ」（性交）をしたわけではないと反論します。ただしアマテラスが蛇身であることは、「又垂跡蛇身なる神もつねに侍れども、これはやむごとなき御すがた、あらは（に）申しがたし」（神が蛇に身を変えるのは常にあるが、これは貴いお姿なのであらわにはいえません）と、なんとも曖昧な答え方をしています。

なお、アマテラスは女神とされていますが、それではこの話は成立しません。詳細は省きますが、男神アマテラスに仕える姫が神格化してアマテラスそのものと観想されるに至ったという変遷が考えられています。

43　Ⅲ　恋の禁忌性

この伝承については、斎宮の古代的な清浄性からの逸脱、中世的なアマテラス神話の展開という見方と、[7]蛇神と斎宮との性的交渉が斎宮そのものの本性に発したものであり、清浄性の喪失ではないという見方が[8]対立していますが、後者の捉え方が正しいでしょう。神は人と違っていなければならない。神婚は人の婚の起源を語るものですが、それが神聖であるためには人の追随をゆるさぬ異類婚であることがふさわしいと思われます。

斎宮は原理的には天皇の妻の位置にたっています。天皇と斎宮の関係には姫彦制の残影が認められます。姫彦制は姉弟（兄妹）による統治の形です。ヒメが仕える神の託宣によってヒコが政治を行う制度で、三世紀の邪馬台国がそれに当たります。

倭大王家におけるヒコとヒメと神という三者の関係の歴史的変遷については、以下のような見解があります。すなわち祭主ヤマト姫が日の神アマテラスを奉じて伊勢に去った後、政主ヤマト彦は、模造の日像を賢所《かしこどころ》に祭り、擬制のキサキ（日前）に仕えさせ、それを内実的に配偶者とした。キサキが皇后と混同したのはその頃で、このように変態的形態を四世紀ごろから維持したが、大化改新によって君主制になり、それにともなって賢所の祭祀はキサキから内侍に移り、キサキの意味が消失して純配偶者になったという説[9]です。

伊勢神宮が皇室の祖先神となったのは天武天皇の時代らしく、この見方は修正を余儀なくされるでしょうが、ヤマト彦（天皇）とヒメ（斎宮）とアマテラスの関係は基本的にはそのような歴史を刻んできました。底流しているのは、ヒメをめぐっての神と人との対立と緊張関係でしょう。

神とヒコとの対立には、その双方に対して妻であるというヒメの特殊な性格が複雑に絡んでいます。それは古代社会に限ってのものではないらしく、村落の祭祀に奉仕した沖縄の巫女であるノロやユタにもヒメの性格が受け継がれています。ノロの夫は早死にするといわれているそうです。またユタの場合も、夫は短命で事故や災害に遭いやすいとされるばかりでなく、神が夫婦の寝室に現れ、ユタの手に触れ、息を吹きかけて夫から離れて自分の方に寄れと命じたりしたという話も報告されています[10]。

神もヒコと同じくヒメをめぐって嫉妬をもやしたようです。琉球王朝の最高位の巫女である聞得《きこえ》大君《おおきみ》を頂点とする神女組織に属する公的な巫女であるノロに対して、ユタは民間の下級巫女ですが、神霊を体感できる特殊な感性を持つ女が、カミダーリという身心異常（巫病）を体験して、自分の守護霊や守護神を得てユタになるといわれています。

恋は原理的にはヒメをめぐっての神との対立関係をはらんでいます。神から姫を奪うという禁忌性を原理的に抱え込んでいるといえるでしょう。

4　采女の恋

人の恋に神が絡む例として万葉に浮上するのは采女《うねめ》の恋です。

安貴王《あきのおほきみ》の歌一首

遠妻の　ここにあらねば　玉桙《たまほこ》の　道をた遠み　思ふそら　安けなくに　嘆くそら　安からぬものを　み空行く　雲にもがも　高飛ぶ　鳥にもがも　明日行きて　妹に言問《こと》ひ　わがために　妹も事無く　妹がため　われも事無く　今も見るごと　副《たぐ》ひてもがも　（4・五三四）

反歌

敷栲《しきたへ》の手枕《たまくら》巻かず間《あひだ》置きて年ぞ経《へ》にける逢はなく思へば　（4・五三五）

右は、安貴王、因幡《いなば》の八上采女《やかみのうねめ》を娶《めと》りて、係念《おもひ》極めて甚しく、愛情《うつくしび》尤《もっと》も盛りなり。時に勅して不敬の罪に断《さだ》め、本郷《もとつくに》に退却《しりそ》く。ここに王の意《こころ》、悼《いた》み怛《かなし》びていささかこの歌を作る。

安貴王は天智天皇の子の志貴皇子の孫にあたります。左注によれば、王が因幡の八上采女を娶ったことが勅勘の理由です。ただ「本郷」に退かされたのが、采女なのか王なのかはっきりせず、諸説ありますが、ともかく采女との恋が不敬にあたり、罰として両者は隔てられたのです。妻が遠く離れているので、不安な心持であるが、雲か鳥にでもなって妹を訪ね、連れ添っていたいというのが長歌の歌意です。反歌は共寝をしない状態が一年も経過したことを嘆いています。この作品は、巻四の歌の配列から、養老七・八年（七二三〜七二四）の頃の作と考えられます。

采女の悲劇は、すでに人麻呂の挽歌「吉備津《きびつ》の采女の死《みまか》りし時」（2・二一七〜一九）と題する作品に歌われています。題詞に吉備津の采女といいながら、歌では志賀津の子とするなど、謎の多い作品で解釈にも諸説ありますが、ともあれ恋に落ちた采女の死を悼んだ歌です。その長歌に「時ならず　過ぎにし子ら」と歌われていますので、采女は自殺だったようです。

　楽浪《ささなみ》の志賀津《しがつ》の子らが　罷道《まかりぢ》の川瀬の道を見ればさぶしも　（2・二一八）

右は第一反歌です。「罷道」は葬送の道、入水を暗示しているのかもしれません。

人麻呂には、他に土形娘子《ひじかたのおとめ》を泊瀬《はつせ》山に火葬した時の歌（3・四二八）と水死した出雲娘子《いずものおとめ》を吉野に火葬した時の歌（3・四二九〜四三〇）がありますが、土形娘子も出雲娘子も共に采女であるらしく、その死の背後には吉備津の采女と同様な悲劇があったに違いありません。

采女は律令の「後宮職員令《ごくうしきゐんりやう》」によれば、「其れ采女貢《ぐ》せむことは、郡の少領《せうりやう》以上の姉妹及び子女の、形容端正《かたちたんじやう》なる者《ひと》をもちてせよ。皆中務省に申して奏聞せよ」とあります。同様の内容はすでに大化二年（六四六）正月の大化の改新の詔に見えます。地方の有力者の家からその姉妹・子女の内容貌の美しい女性を貢上させ、天皇の陪膳や宮廷祭祀などに奉仕させたのが采女です。身分は低くても神聖視されたのは、宮廷祭祀の枢要を司るその霊性にありました。

平安時代の記録によれば、采女は神今食《じんこんじき》・鎮魂祭《ちんこんさい》・大嘗祭《だいじょうさい》などの重要な祭祀に陪膳の役を負って参与しています。決して補助的な端役ではなく、むしろ儀式の主役ともいうべき重い役です。その地位の重さを最もよく示しているのは、大嘗祭における大嘗宮での秘儀でしょう。大嘗祭は新帝の最初の新嘗祭であり、天皇を神として誕生させる神事です。大嘗宮では神饌・御酒の御親供の儀などが行われますが、その際采女は「先ず挟み給ふべき物を後に挟み給へ、及び諸々咎《とが》有りとも神直《かみなほ》び大直びに受け給へ」（江家次第　第十五巻　原文は漢文、仮名の送り仮名あり）と祝い言を唱え、儀式の進行を扶《たす》けます。

大嘗祭によって天皇は神になるのですが、采女はまさに巫女に相当します。かかる霊性のゆえに、采女を犯す罪は重かったのです。日本書紀の雄略天皇一三年の条に采女を犯して罰せられた事件があり、舒明天皇八年の条には「悉《ことごとく》に采女を姧《をか》せる者を劾《かむが》へて皆罪す」という勅令が出されました。その折には三輪君《みわのきみ》小鷦鷯《をささぎ》が自殺しています。

采女は祭祀上の地位の高さに比べ、低い身分として遇されており、時代と共に衰微の一途を辿りました。令制以前の地方支配の一形態として成立した采女制度は、律令に組み込まれたときすでに形骸化の一歩を踏み出していたようです。平安朝を経て律令制の崩壊した鎌倉時代の禁秘抄では、「陪膳采女尤も然るべき事なり。近代漸く零落極まりなし」といわれ、また「南殿の儀采女陪膳を為すと雖も、只の時之を用ふべからす」（原文は漢文）といわれました。つまり南殿の儀――晴の儀式では古来の習いとして陪膳をするが、通常は身分卑しきにより用いないという意味のようです。人麻呂の時代すでに采女の凋落ははじまっていたと思われます。近江朝の大友皇子が、壬申《じんしん》の乱に敗死した遠因には、母が采女であったことが考えられます。

身の卑しさを埋めて余りある美貌と霊性は、宮廷の貴公子たちの憧れの的ともなりました。それに応える采女は、霊性を捨ててひとりの女として恋に身を投じる。そこが破滅の淵であっても、そうせざるを得ない生の奔騰にいつ捉えられても不思議ではない。そのような宿命を負って生きたのが采女です。万葉集には采女の作として、駿河采女の歌二首（4・五〇七、8・一四二〇）、前《さき》采女の歌（16・三八〇七）、及び豊島采女の歌と伝えられる二首（6・一〇二六、一〇二七）などがあります。豊かな教養を備えた采女もいたことを示しています。

巫女性を持った女性の最も高貴な存在は、上に述べた伊勢の斎宮です。神と人との境に身を置く聖なる女が、恋の煉獄に亡んでいく伝承は、生の謳歌を願う古代の人びとの心を捉えずにはおかなかった。全てを犠牲にして恋に殉じるそのひたむきな純粋さが、強い共感を呼ぶからでしょう。斎宮栲幡《たくはた》皇女と廬城部連《いほきべのむらじ》武彦《たけひこ》との密通事件は讒言でしたが、武彦の死と皇女の奇怪な死（雄略紀三年）は、斎宮の霊性と人間性との相克を物語っています。菟道《うじ》皇女と池辺《いけのべ》皇子との密通事件（敏達紀七年）にも、正史に記されない神にそむいた女の悲話がともなっていたことと思われます。

伊勢物語六九段の、狩の使いに伊勢に下った在原業平と斎宮恬子内親王《やすこないしんのう》とのみそかごとの物語もその流れにあります。神から女を奪うのが恋だとすれば、神に女を奪われるのも恋です。斎宮卜定（斎宮を選定するための占い）によって挫折した雅子内親王と本院中納言敦忠の恋がそれにあたります。[11]

采女の恋も斎宮と同じく重い禁忌でした。

5　イモとセ

恋人たちが人目や人言を極端に恐れるのは恋が禁忌性を帯びているからです。中でも兄妹の近親相姦である兄妹婚は最も重い禁忌でした。[12]イモ（妹）とは年齢に関係なく男から姉妹を指す二人称で、女からは兄や弟をセ（兄）と呼んでいました。和歌では兄弟姉妹にかかわりなく、夫や妻のみならず親しい異性に対して二人称として用いられます（交友関係にある男同士でも歌の中で「背」と呼び合うことがあった）。近親相姦という禁忌性がかすかににじむ危うい歌ことばです。このイモ（ワギモコ）・セ（セコ）という称呼は、他人である男や女をオジサン・オバサンと呼ぶ、擬制的血縁化によって親近性を確認する日本人に普遍的な方式に過ぎないともいわれますが、[13]単に親近性という観念に回収できないものをはらんでいるように感じられます。

坂上大娘《おほいらつめ》の、秋の稲の蘰《かづら》を大伴宿禰家持《すくねやかもち》に贈る歌一首

わが蒔ける早稲田《わさだ》の穂立ち造りたる蘰《かづら》そ見つつ偲はせわが背《せ》　（8・一六二四）

大伴宿禰家持の報へ贈る歌一首

吾妹子《わぎもこ》が業《わざ》と造れる秋の田の早穂《わさほ》の蘰見れど飽かぬかも　（8・一六二五）

坂上大娘（大嬢）は家持の正妻になる女性で、二人の間には多くの相聞歌が交わされています。女から男を指す二人称には敬意をこめた「君」が多いのですが、「背（子）」にはより親密な情がこもります。早稲の穂で自ら「業」（手を下して）で作った蘰に添えて贈った歌に対して、家持は心のこもった贈り物を褒め、大嬢を「吾妹子」と称しています。両者はいとこの関係ではあっても兄妹の関係ではありません。イモ・セが本来の意味を超えて用いられるのは、兄弟姉妹の親密さに禁忌に触れる蠱惑《こわく》的なひびきがあったからに違いありません。次の例は同母姉弟の間で用いられたセです。

大津皇子、竊《ひそ》かに伊勢の神宮に下りて上り来ましし時の大伯皇女《おほくのひめみこ》の御歌二首

わが背子を大和へ遣《や》るとさ夜深けて暁《あかとき》露にわが立ち濡れし　（2・一〇五）

二人行けど行き過ぎ難き秋山をいかにか君が独り越ゆらむ　（2・一〇六）

一首目のセコは二首目ではキミと呼びかえられていますが、キミは敬意をこめた称呼で男か

ら女をキミとは呼ぶ例は少なく、親愛の情が敬意に勝れば問題の称呼のセ（セコ）となります。一組の歌ですから二首とも引用しました。

大津皇子と大伯（来）皇女は同母の姉弟で天武天皇の皇子女。母は天智天皇の皇女で大田皇女です。大津が伊勢に下ったのは、天武崩御直後、後嗣をめぐって不穏な空気が宮廷を覆っていた最中でした。時の皇太子は天武の皇后鸕野讃良皇女《うののさららのひめみこ》（後の持統天皇）所生の草壁皇子でしたが、弟の大津の方に人望がありました。大津は懐風藻（わが国最初の漢詩集で、近江朝から奈良時代までの六四人の詩を収める）の作家で漢詩文に長じ天智天皇からも愛された俊英でした。母の大田皇女は皇后の同母の姉に当たり血筋からいっても大津は申し分のない皇子です。大田皇女は姉弟幼くして他界しましたが、生存していれば皇后に立ったのは鸕野皇女ではなく、大田皇女であったはずです。

大津の悲劇は彼の優れた資質にあり、皇后側から最も警戒された理由がそれです。おそらくは粛清の避けられない大津にとって、謀反こそ唯一の生きる道でした。しかし大津のクーデター計画は皇后側に漏れ、天武崩御後一月足らずで死を賜わることになります。享年二四歳でした。一方姉の大伯皇女は一四歳で斎宮に立てられ、そのまま伊勢に在りました。

大津が伊勢に下向した目的はよくわかりませんが、戦勝祈願ではないかと推測されています。伊勢神宮の祭司権は天皇のみにあり、天皇以外の奉幣祈願は堅く禁じられていました。題詞の

「竊かに」には重い意味がこめられていると思います。ただ、万葉集で題詞に「竊《ひそ》かに」と記される場合は、道ならぬ恋をいいますので、この場合もこの出来事が後に万葉集に収録された時点では、事実はどうであれ、悲恋事件として語られていたのかも知れません。

上に述べたように、斎宮は原理的には天皇の妻であり、擬制的な兄妹婚とも言い得ます。斎宮である姉と弟の大津の関係は、あくまで原理的ではありますが兄妹婚の典型であり、姫彦制の統治形態そのものです。大津が皇位を継承すれば、姉との間にそのような緊密な関係が実現します。それこそ大津の目指したものであったと考えられます。姉弟の情を越えた堅い絆が感じられるのは、そのような古代観念が背景をなしているからです。

ただ独り大和へ帰る大津を案じた大伯皇女の歌はまさに恋歌です。題詞と作者を伏せてみれば、ひたすら夫を気遣い愛する人を偲ぶ女からの別れの歌となります。なお大伯皇女は大津の死後、程なく斎宮を解かれて都に帰りますが、その折に大津を偲ぶ二首の歌と、大津が二上山に改葬された時の悲しみの歌二首を詠んでいます。三首にキミ、一首にセを用いています。

うつそみの人にあるわれや明日よりは二上山を弟背《いろせ》とわが見む　(2・一六五)

イロセ・イロモは同母の兄弟姉妹の称呼です。題詞には「大津皇子の屍《かばね》を葛城の二上山に移し葬《はぶ》る時、大来皇女の哀しび傷《いた》む歌」とあります。うつし身である自分は明日からは二上山をイロセとして仰ぎ見るのであろうかという、痛恨の思いが込められた歌です。二上山の雄岳

の頂上には現在も大津皇子の円墳が鎮座しています。

現代から見て、古代では近親結婚が極めて多く、その傾向は高貴な身分ほど高まるようです。天武天皇の妃を例にすれば、鸕野皇女・大田皇女以下四人が天武の兄天智の皇女です。つまり叔父と姪の関係となります。天武の子の高市皇子は異母兄妹の但馬皇女を妻としており、その但馬皇女が同じく異母兄妹の穂積皇子と恋に落ちている事件が万葉集から見て取れます。異母兄妹までは許容範囲であったことが分かりますが、さすがに同母による兄妹婚は重い禁忌でした。

允恭天皇時代の出来事として伝えられる、軽皇子と同母妹の軽皇女との悲恋はよほど古代の人口に膾炙したらしく、記紀に記されるばかりではなく、万葉集に磐姫皇后の歌とまぎれながら伝えられており（2・九〇）、軽の地に住む妻の死を歌った人麻呂の泣血哀慟歌（2・二〇七～二一六）の下地には、この悲恋物語があったといわれています。[14] 皇太子であった軽皇子はその地位を追われ、古事記では二人は心中したとあります。

兄妹婚を浅ましくもおぞましくも感じるのは後世の感覚ではないでしょうか。兄妹婚は禁忌ではあっても醜くはなかったはずです。でなければ軽兄妹の悲恋がかくまで人の心を惹きつけることはなかったと思います。

兄妹婚の禁忌を遺伝的な問題として捉えるのは現代の理解にすぎません。結論的にいえばそれが神聖な神の業であったからです。それでは人の習俗としてなぜ許されないのでしょうか。

兄妹の婚は、二人の関係が父母の性的関係に還元され、それによって親子という血の縦軸が崩壊するからだという見方があります。[15] この「父母の性的関係に還元される」という捉え方は、子と父の妻（義母）との近親相姦についてもなされています。[16] 家族という社会秩序の基礎の崩壊は、社会全体を揺るがすことになりますから、これもひとつの捉え方でしょう。

婚姻が個人と個人との関係において成立する現代とは違って（とまで言い切れるかどうか異論はあるでしょうが）、婚姻が家と家との連携を目指す社会、家が他の血筋を導入し合いつつ、自家を強化し互いの連携を図って社会を形成する時代にあっては、他の家に背を向けて内に篭る兄妹婚は社会からの孤立を招き、それが波及すれば社会は崩壊の危機に向かうことになります。それが兄妹婚の社会的な意味での禁忌性です。

兄妹婚は重い禁忌ですが、高貴な身分になるほど兄妹婚に近い近親結婚が多く見られます。上に見た天武天皇の皇子女である大津皇子と大伯（来）皇女の母、大田皇女は天武天皇の兄の天智天皇の皇女であり、姉弟の両親は叔父と姪の関係でした。天武天皇の皇子女のうち、異母兄妹たちは恋の花を咲かせて万葉を彩っていますが、決して批難はされていません。神聖な血筋を純粋に継承しようとすれば、当然兄妹婚に行き着きます。他家の血筋の導入による自家の強化と、血筋の純度の継承とは根本的に矛盾します。高貴な家の宿命といえるでしょう。しかしいかに神に近い高貴な血筋でも、許容範囲は異母兄妹まででした。

6 聖なる起源

聖なる血の継承を一回に凝縮して語っているのが、イザナキ・イザナミという同母兄妹による近親相姦です。[17] 神の振舞いであるその一回性は人の次元で襲うことはできないでしょう。物事の起源は神の振舞いの一回性において語られます。それが神話であり、それを擬似的に繰り返すのが恒例の祭祀です。

スサノヲとアマテラスの二神が誓約《うけい》（宇気比）をしたという神話があります。古事記によれば、イザナキから追放されたスサノヲは、妣《はは》の国に行くに先立って姉のアマテラスに会いに高天原を訪れますが、アマテラスは国を奪いに来たのではないかと疑います。そこでスサノヲは身の証を立てるために、「各宇気比《うけひ》て子を生まむ」と申し出ます。ウケヒとは予め結果の善悪吉凶を決めておいて占うことです。そこでアマテラスはスサノヲの剣から三柱の女神を得、スサノヲはアマテラスの装身具の珠から五柱の男神を得ます。

この神生みのくだりは例えば、スサノヲの「佩《は》ける十拳剣《とつかつるぎ》を乞ひ度《わた》して、三段《みきた》に打ち折りて、奴那登母母由良爾《ぬなとももゆらに》、天の真名井《まなゐ》に振り滌《すす》ぎて、佐賀美爾迦美《さがみにかみ》て、吹き棄《う》つる気吹《いぶき》の狭霧《さぎり》に成れる神の御名は……」などと劇的に表現されています。この神生みの段については、二神の性交渉の喩《たと》えとされています。国土や神々を生んだイザナキ・イザナミの「美斗能麻具波比《みとのまぐはひ》」（性交）の神話を重ねてみれば、その可能性は高いように思います。とすればひとつの兄妹婚をここに見ることになるでしょう。なぜならこの二神は共にイザナキが禊《みそぎ》をした時に化生した神だからです。二神が生んだ宗像《むなかた》三神以下の神々にとっては、ウケヒの段はまさに聖なる一回性の語りとなります。

兄妹婚の禁忌性を右のように神聖な神の業として捉えると、イモ・セという称呼は神話の世界に深く尾を曳いていることになります。恋人をイモ・セと称呼するのは、兄妹婚を擬制的に演ずるという志向を内在させています。禁忌の響きを帯びたこのことばは、おそらく日常生活では用いられることはなかったでしょう。また第三者が他人の妻や夫をイモ・セと称することもなかったと思われます。Aさんのイモは美人だ、などという言い方はありません。和歌にしか用いられない特殊なことばです。和歌が日常の表現とは違った特別な表現世界であることのひとつの証となっているのが、イモ・セという人倫称呼です。

うつせみの世やも二行く何すとか妹にあはずてわがひとり宿む　（4・七三三　大伴家持）

かにかくに人はいふとも若狭道の後背のやまの後にもあはむ君　（4・七三七　坂上大嬢）

家持と坂上大嬢《さかうえのおおいらつめ》の恋は数年を経て復活します。右はその時の一連の贈答歌の中にあります。この世の中は並んで二つあるのか、どうしてイモに逢えずにひとり寝をするのだろうかと嘆く、その原因は家持の青年らしい女性遍歴にあったようですが、ともかく大嬢の魅力に気づいて逢いたいと思いながら逢うことができない嘆きが主題です。すでに引用した「人もなき国もあらぬか吾妹子と携ひ行きて副《たぐ》ひてをらむ」（4・七二八）もこの時の歌です。逢えない理由を「人」に帰しているのは、恋が兄妹婚の禁忌性を帯びており、人の目から秘すべきものだからです。歌ことばは、俗である「人」に対して、恋人たちが神の位置に立っていること、聖別されてあることの宣言であるともいわれています。[18]

坂上大嬢は、人はとやかく噂をしても後には必ず逢いましょうと答えています。大嬢は家持の叔母の坂上郎女の娘です。似合いの二人であり周囲から結婚が望まれた間です。間違っても非難中傷はありえません。二人の恋の芽生えは好意に満ちた暖かさに包まれていたはずです。それにもかかわらず、どうして人目が障害となるのでしょうか。事実として障害であろうとなかろうと、聖なる一回性に回帰しそれを犯す禁忌性を踏んで表出するのが、恋歌の様式だったからです。

Ⅳ　集団の歌と個人の歌

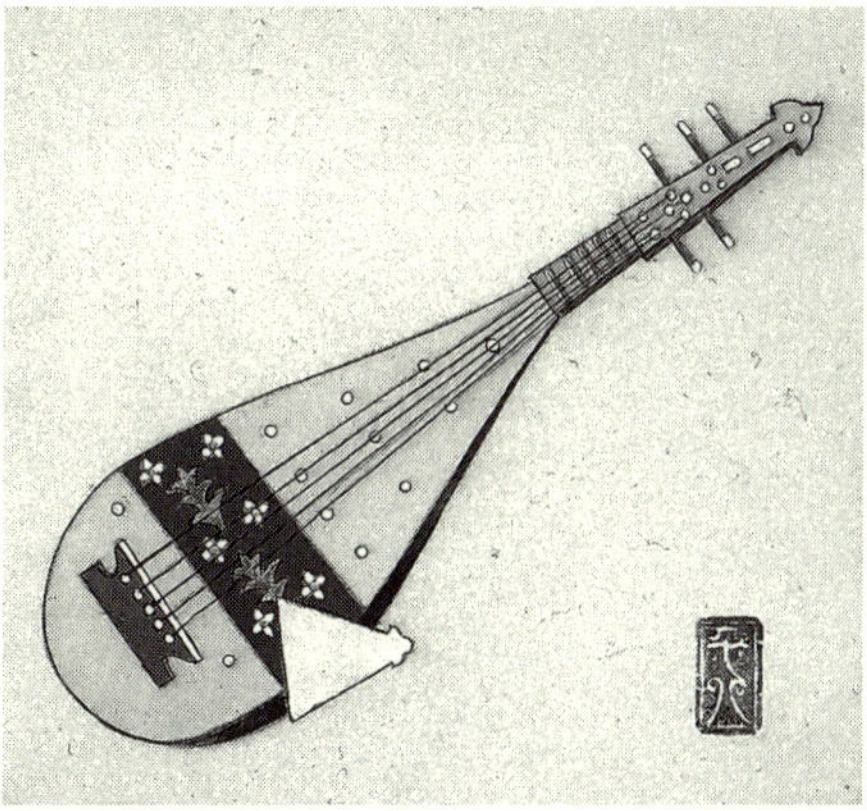

1　歌垣と恋歌

兄妹婚も聖なるヲトコ・ヲンナすなわち神と巫女との神婚です。恋はそれに倣った行為であるゆえ禁忌性を本性としています。しかしそのような恋が共同体に許容される機会がありました。歌垣がそれです。春または春秋の二回、神の鎮まる清浄の地で、近在の男女が歌を掛け合い、心ゆくまで歓を尽くす行事です。記紀・風土記・万葉などの歌や記事から、その輪郭をある程度窺うことができます。地域や時代による変容が想定され、その始原的意義や実態は必ずしも明確ではありませんが、近年まで名残をとどめた息の長い習俗です。例えば秋田県北部の某村の、結婚相手を選ぶ「やま遊び[19]」、沖縄県の「毛遊《モーアシ》び[20]」、越中の「まいまい踊り」、そして静岡県榛原郡中根村の「ヒョ（ン）ドリ踊り[21]」などの事例が報告されていますが、当初の意義を薄めて芸能化へ転じているものが多いといわれます。

歌垣の起源を、時を定めて村を訪れ、人間を祝福していく客人《まれびと》神と土地の精霊との掛け合いに求めたのが折口信夫です。人間を祝福し、その保証のために土地の精霊に強い命令を発する神に対して、「緘黙《しじま》」を守って抵抗しようとする精霊との駆け引きを、人間が倣《なら》ったものが「祭りの摂待庭《いちにわ》」で行われた歌垣で、具体的には「神々に扮した村の神人と、村の巫女たる資格を持った女たちが相向き立って、歌垣の唱和を挑」む神事であるといいます。[22] つまり神婚を

核にした祭りに歌垣の始原を置く考え方です。聖なる命の誕生が期待される神婚がまた五穀豊穣の共感呪術として機能したこと、共同体と外部の世界との接触、そして恋歌発生の根拠を説く折口の見解は、近年の歌垣研究の出発点でした。

常陸国風土記の筑波郡の記事によれば、筑波山では春の花の開花の時と黄葉の節の二回、坂東（足柄峠の東）の男女が集い、「遊楽《あそ》び栖遅《す》めり」とあります。アソブの原義は神を祭ることですから、神事として夜通し催された行事です。多くの歌を謡い交わし歓を尽くす歌垣は、「筑波峯の会《あひ》に、娉《つまどひ》の財《たから》を得ざる者は、児女《むすめ》とせず」という諺が伝えられているように、配偶者を見つける機会でもありました。結婚の約束は神に保証された、ゆるぎないものと当事者たちには信じられたに違いありません。娉の財とは婚約の証しとなる贈り物のことで、筑波山に赴きながら相手にされないような子は娘とは思わないというのです。

坂東の男女が参加するのだから、遠路数日をかけてやってくる者もいたことになります。それは共同体の枠を越えての通婚を可能にします。共同体の境に置かれる市に歌垣の原型を想定する説もあり[23]、それが成り立つのは歌垣の開放性です。ただし、歌垣での約束が神の保証するものとして、村落共同体にそのまま受け容れられたのかどうかは即断できません。神の保証が絶対視されるほど現実は単純ではなかったと思います。

万葉の時代、歌垣は宮廷に採りいれられ、雅《みやび》な芸能に発展する一方で、民間ではある程度発生当初の姿を保っていたと想像されますが、万葉で歌垣を歌った唯一の作品である、高橋虫麿歌集の「筑波嶺に登りて嬥歌会《かがひ》（歌垣―引用者注）を為る日に作る歌」が、もし目撃した事実を歌っているとすれば、かなり享楽的な行事に変容していたことになります。

鷲の住む　筑波の山の　裳羽服津《もはきつ》の　その津の上に　率《あども》ひて　未通女壮士《をとめをとこ》の　行き集ひ
かがふ嬥歌《かがひ》に　人妻に　吾《あ》も交《まじ》はらむ　あが妻に　他《ひと》も言問《ことと》へ　この山を　領《うしは》く神の
昔より　禁《いさ》めぬ行事《わざ》ぞ　今日のみは　めぐしもな見そ　言《こと》も咎めな嬥歌は東の俗語にかがひと曰ふ
（9・一七五九）

反歌
男の神に雲立ちのぼり時雨ふり濡れ通るともわれ帰らめや
（9・一七六〇）

左注には、「高橋虫麿の歌集の中に出づ」と記されていますが、虫麿自身の歌と思われます。鷲の住む筑波山の、裳羽服津のほとりに呼び合ってヲトコ・ヲンナが集い嬥歌をする、その嬥歌で他人の妻にわれも交わろう。われの妻に他人もことばをかけよ。今日だけは愛《いと》しい人も咎めてはいけない。長歌はそのように歌っています。時雨が降ってずぶ濡れになろうともそこから帰れようか、とその享楽の魅力を歌ったのが反歌です。

虫麿は養老三年（七一九）から数年常陸に地方官として在住。常陸守藤原宇合《うまかい》のもとで常陸国風土記の編纂に当ったとされています。歌は享楽的な面のみが強調されていますので、都人が伝聞によって詠んだ机上の作ともいわれていますが、作者が集う男女にたち交じって情を交わしたかどうかはともかく、題詞を疑う根拠はありません。好奇の目で見れば、この歌垣は自由な性交渉の場に見えるでしょう。筑波山での習俗を民俗文化として捉えた常陸国風土記に対して、この歌はいささか皮相です。ただ「この山を領く神の昔より禁めぬ行事ぞ」には、この行事を成り立たせる根拠が示されています。そこが日常ではありえない特殊な時空であり、神にかかわる催しであることは押さえられています。限られた特別の時空を支配しているのは神婚幻想であり、集うヲトコ・ヲンナは神と巫女を装って擬似神婚の輪を広げていく。従って交わされることばは日常語ではなくそれを超えたことば、すなわち歌でなければならなかったのです。

同じく常陸国風土記の香島郡の記事に、那珂の寒田の郎子《をとこ》と海上《うながみ》の安是《あぜ》の嬢子《をとめ》という若く美しい男女の話があります。日頃から互にこころ惹かれていた二人は嬥歌《かがい》で出会い歌を交し合うが、人目を恐れて「遊びの場《には》」を去り心ゆくまで愛を語ります。ところが愛の営みに溺れているうちに、すっかり夜が明けてしまいました。ふたりは「為《せ》むすべを知らに、遂に人に見らゆるを媿《は》ぢ」て松の樹になったといいます。このような結末をもたらしたのはもちろん羞恥からではないでしょう。聖なる空間である「遊びの場」と神の許容する時間——夜からの逸脱が招いた悲劇です。二人の恋が日常の時空の中では重い禁忌であったことを暗示する物語です。

恋歌は、神に倣ったヲトコ・ヲンナが、歌垣の時空から日常の世界へ押し広げた聖なることばであるといえます。それによって恋人たちは禁忌を乗り越えようとしたのです。日常生活の中では場合によっては野合に過ぎない恋に、聖なる根拠を与え続けたのが恋歌であり、その恋歌によりすがって婚を目指したのが、古代の恋の姿でした。

上に述べたように、古代の歌垣の実態は明確ではありませんが、農耕の予祝儀礼としての性格を持っていたことが想定されています。神婚を中軸に置けば共感呪術としての五穀豊穣祈願に結びつきます。明日香坐《あすかにいます》神社《じんじゃ》の節分の御田祭《おんたまつり》は、神婚と五穀豊穣祈願が結びついたものでしょう。この神社の境内は全域陰陽石の列柱です。性が穀物生産に結びつく古代信仰を形として遺している社でもあります。そこでは村人の扮したサルタヒコとアメノウズメの交わりが演じられます。サルタヒコは天孫降臨にあたって天孫を迎えた神で、その神の名と住みかを巧みに聞き出したのがアメノウズメです。その縁によってサルメノ君の名を天孫から賜わったことが日本書紀に伝えられています。アメノウズメは天の岩戸神話では、岩戸に籠るアマテラスを戸外に導くために卑猥《ひわい》な舞を演じた女神です。この夫婦神の真に迫った交わりの演技は、多くの祭りの参加者によって囃《はや》し立てられます。

サルタヒコとアメノウズメは男女の性器を象《かたど》った仮面をつけます。天狗とおかめの面の原型がこれです。しかし淫靡な雰囲気はいささかもなく、底抜けに明るい哄笑の渦が取り巻く神楽です。それはさながらアメノウズメの卑猥な舞とそれを囃す八百万神たちの再現といえるでしょう。この神楽がどこまで遡るのか、どのような変遷をたどったのか、一切不明ですが、夫婦神の秘儀が祭りの参加者に拡大し、歌垣のような行事が続いていたと想像するのは、恣意なる妄想でしょうか。

2　中国少数民族に伝わる歌垣

近年古代文学の研究者によって、中国の苗《ミャオ》族や白《ペー》族などの少数民族の間に伝えられている歌垣に調査のメスが入るようになり、その実態が明るみにされつつあります。[24] 乏しい資料に基づいて古代の歌垣を推測してきた古代研究にとって、中国少数民族の調査は重要な指針となる可能性があります。調査研究の進展が待ち望まれるところです。気がかりなのは、急速に近代化の波に押されて本来の姿が崩れ、芸能化が進んで、やがて歌垣ライブのような催しに変化していく傾向にあるという現状です。また現在遺存している歌垣の実態がどのような変遷を経てきたものなのか謎も多く、わが国古代の歌垣を再現するモデルとしてどこまで有効なのか、更なる研究を俟つほかはないのですが、現時点での示唆に富んだいくつかの問題点を考えてみましょう。

歌垣の場には男女が数人のグループで登場しますが、歌を掛け合うのはグループの中で最も歌の上手な一人が代表して歌います。独唱であって斉唱にはならないといいます。決まり文句を交えつつすかさず即興で歌いかけるのですが、自己紹介を交えての親和的な求愛の歌詞を掛け合いつつ、相手の心に疑問を挟んだりしながら展開し、歌の力量がつりあい、呼吸が合えば掛け合いは数時間に及びます。歌の継続には固定されたメロディーが絶対条件であり、かつメロディーの中の歌詞も定型であるばかりではなく、民族によって違いはありますが、例えば雲南省のリス族の歌垣では七音で同じ内容を、表現を変化させながら繰り返して進んでいくといった厳しいルールがあるそうです。

メロディーや歌詞の定型などの枠組みがなければ、即興歌の掛け合いが不可能であることは、理論的には推測できますが、それが確認されたことの意義は大きいでしょう。グループの一人が歌い手ですから、歌い手の技はグループの信頼に応えなければならず、多くの批評者の目に曝されます。歌い手の技には一層磨きがかけられることになります。同時に他者すなわち人目は歌垣の恋の証人としても機能します。人目を障害として忌避する万葉の恋とは次元を異にしているのです。

歌表現としては当然ですが、歌い手は事実に反することを歌う場合があります。既婚でありながら未婚を装って求愛する、その場合歌い手は恋の演技者となります。それを互いに承知の上で歌の掛け合いを楽しむことがあるそうです。そのような虚構性が参加した集団に許容されるとすれば、歌垣は結婚相手を選ぶという実用的な目的から離れて、享楽を追及する場へと展開する可能性があります。虫麿歌集の歌はまさに歌垣の享楽性を抽出した作品でした。嘘をつくことも許容されるのが歌表現ですが、歌なればこそ本音の表出も可能です。歌の機能についても少数民族の歌垣の歌は、わが古代の歌を相対化させる貴重な資料でしょう。

少数民族の歌垣は村落の祭祀とは切り離され、それのみで自立しているといいます。わが国の古代の歌垣は、概ね祭祀の一環として捉えられてきましたが、それに反省を迫るだけの傍証となるのでしょうか。つまりは少数民族の歌垣の自立性が、発生当初からのものだったのかということです。更なる検証が必要でしょう。

3　万葉の歌垣の歌

万葉集には歌垣で歌われたことがはっきり証明できる作品はありません。上に引用した虫麿歌集の歌は、歌垣を主題として歌ったものであり、歌垣の場で実際に歌われたのではありません。しかし歌垣の場からあふれ出て口承された歌が、日常の恋歌に影を落とし揺さぶりをかけたことは当然あったに違いありません。万葉にそのような歌が収録された可能性は高いと思われます。次の例は歌垣にかかわりの深い歌です。

住吉《すみのえ》の小集楽《をづめ》に出でて現《うつつ》にも己妻《おのづま》すらを鏡と見つも　（16・三八〇二）

右は伝へて云はく、昔者《むかしとひと》鄙人あり。姓名詳《つまび》らかならず。時に郷里の男女の、衆《もろもろ》集ひて野遊しき。この会集の中に鄙人の夫婦あり。其の婦《め》の容姿端正《うるは》しきこと衆諸《もろひと》に秀れたり。すなはち彼《そ》の鄙人の意《こころ》に、彌《いよよ》妻を愛《うつく》しぶる情《こころ》増りて、この歌を作り、美貌を賛嘆したりきといへり。

「小集楽《をづめ》」のツメは橋のたもとの意。左注では「野遊」とありますが、歌垣と思われます。橋が架けられる川の多くは共同体の境になります。境界は歌垣の場にふさわしい地です。住吉の小集楽に出て、現実にまざまざとわが妻をさえ鏡の如く美しいと思ったという趣旨の歌です。自分の妻の美しさを改めて発見して手放しに喜ぶ男の感動を歌ったと見られています。滑稽さを帯びた歌ですが、その解釈は少し違うようで、左注との間にも齟齬があります。たぶん普段見飽きていても、念入りに化粧して着飾って参加する歌垣では、自分の妻すらも美しく見える。まして他の女たちの魅力はいうまでもない、の意のように思えます。「己妻すら」の「すら」は、軽いものを上げて言外により重いものを類推させる助詞です。「其の婦の容姿端正しきこと衆諸に秀れたり云々」という左注は、この歌の真意を誤解したのではないかと思われます。いずれにしろ、この歌は歌垣に参加した男の体験的印象を歌ったもので、歌垣の歌そのものではなさそうです。同じ歌垣に参加したと思われるものに、「逢ふことを懽《よろこ》ぶ」と題した次のような歌があります。

住吉《すみのえ》の里行きしかば春花のいやめづらしき君に逢へるかも　（10・一八八六）

住吉の里に行ったところ、春花のようになんともすばらしいあなたに逢ったことよ、という女の歌です。歌垣の場で実際に歌った可能性もないとはいえませんが、仮にそうだとしても、巻十の編纂者が歌垣の場から直接取材したわけではなく、何らかの資料から当該歌を採り上げたと思われますので、一旦は文字化された歌です。巻十は作者の分からない歌を四季の雑歌と相聞歌に整理して、下位区分として歌の主題や題材ごとに仕分けるという構成になっています。詠歌の手引書として編まれたと考えられます。この歌の内容は恋だから「相聞」の部にあるべきですが、「春雑歌」に置かれるのは、必ずしも相聞に限定されない「逢ふことを懽ぶ」という主題を優先させたかったからでしょう。

歌垣にとどまらず、民間の行事などで謡われる歌や芸能は、民情把握という政治的な目的もあって、朝廷はその掌握に意を尽くしています。宮廷は常に高度な文化で輝いていなければならなかったのです。武による国土の支配は文による統治に遠く及びません。民間の歌や芸能からエネルギーを吸収しながらきらびやかな文化を築き上げてきたのが宮廷です。例えば天武天皇は統治の四年目（六七五）に、大倭・河内以下一三カ国の諸国に勅して、「所部《くにのうち》の百姓に能《よ》く歌ふ男女、及び侏儒《ひきひと》・伎人《わざひと》を選びて貢上《たてまつ》れ」と命じています。侏儒は滑稽な技を職とするこびと、伎人は俳優です。歌垣もやがて宮廷に採りいれられ、洗練されて宮廷の晴儀に登場します。

聖武天皇の天平六年（七三四）二月、朱雀門において催された歌垣が宮廷行事としての歌垣の初見です。男女二四〇人、五位以上の「風流者」は皆これに参加したといいます。その時の歌曲は難波曲《ぶり》・倭部曲・浅茅原《あさじがはら》曲・広瀬曲・八裳刺《やつもさす》曲でした（続日本紀）。また称徳天皇の宝亀元年（七七〇）二月二八日、行幸先の河内の由義《ゆぎ》の宮でも催されています。葛井・船・津・文・武生・蔵の六氏、いずれも百済の帰化人の男女二三〇人が、「青摺《あおずり》の細布の衣《きぬ》を着、紅の長紐を垂れ、男女相並びて、列を分けて徐《おもむろ》に進む」という華やかさでした。多くの歌から次の二首が記録されています（続日本紀）。

乙女らに男立ち添ひ踏み平《なら》らす西の都は万代《よろづよ》の宮

淵も瀬も清《きよ》く清《さや》けし博多川千歳《ちとせ》を待ちて澄める川かも

一首目は歌垣の最初に歌われた踏歌の歌詞です。踏歌とは寿祝の舞でアラレバシリともいわれ、歌の末尾に「万年あられ」と唱えます。踏歌は聖武天皇の天平一四年（七四二）正月にも催され、その折の歌一首の歌詞が伝えられています。寿祝の踏歌一首を冒頭に滑り出した由義の宮の歌垣は、「歌の曲折毎に袖を挙げて節をなす」と記されます。記載が省略された他の歌の内容はわかりませんが、右の歌を見る限り宮廷の歌垣の歌は恋歌ではなく、御代のめでたさを祝う内容となっています。

即興的な歌の掛け合いであった民間の歌垣が、このような晴れやかな宮廷行事となる過程を想定するのは難しいのですが、その中間には歌垣の芸能化があったように考えられます。

4　短歌形式の問題

宮廷の歌垣の歌が短歌形式であったことはほぼ間違いありません。天平六年の朱雀門における歌垣の歌曲は、上に挙げたように難波曲・倭部曲・浅茅原曲・広瀬曲・八裳刺曲でした。〇〇曲（振）の名で呼ばれる歌は、この外に近江振・水茎振・四極山《しはつやま》振（古今集）、そして『琴歌譜』（和琴の譜と歌詞二二首を記す。平安初期の成立）に九曲伝えられています。その全てが短歌形式であったようです。この〇〇曲（振）は、歌詞は違っても旋律やメロディーに一定の型があったはずです。短歌形式の成り立ちは音声の側から考えなければならないのですが、消え去った音の世界の再現は困難です。歌は文字化される際に声の世界を喪失しますが、ある程度声の世界の痕跡をとどめる場合もあります。次の歌は琴歌譜（歌を和琴の譜と共に記した書で平安初期の成立）の「短埴安振《みじかはにやすぶり》」です。

少女《をとめ》ども　少女さびすと　唐玉《からだま》を　袂《たもと》に纏《ま》きて　少女さびすも（原文は万葉仮名）

この歌は譜面によれば、

ヲトメドモ・ヲトメ・サビスト・カ・ラダマ・（ヱヤ）カラダマヲ・タモト・ニ・マキテ・

ヲ・トメサビスモ

と歌われます。・の部分には休止記号がはいります。つまり第三句の「唐玉を」を繰り返しています。同じ短歌形式の「高橋振」も同様に第三句を繰り返します。最初はゆっくり、二度目は早く歌ったらしいことも共通しています。しかし同じ短歌形式でも「しづ歌」という歌曲は、第三句をさらに執拗に繰り返しています（譜面がその途中で終わっているので何度繰り返したか不明）。〇〇曲（振）は第三句を二度繰り返すのが約束のひとつだったようです。つまり声の世界では五・七・五・五・七・七の六句体の歌なのです。もっと歌い方に即していえば、途中九回の休止を置いていますので、十句体ということもできます。文字化すれば五句の短歌形式となります。

天平六年の朱雀門の歌は、「本末《もとすえ》を以て唱和」とありますから、男たちが五・七・五を歌い、女たちが第三句の五を繰り返して、五・七・七と歌ったのではないでしょうか。琴歌譜は、奥書によれば、大歌所《おおうたどころ》の大歌師に伝来したもので、現存する本は天元四年（九八一）の書写。ただこの書が短歌形式成立以前の情報を伝えている保証はありません。つまり琴歌譜は、声の世界の歌を短歌形式にして文字の世界に回収したものではなく、逆に短歌形式の歌を声の世界に戻したものとみられるからです。再び獲得した声の形は、最初に持っていた声の形とは違っていたでしょう。したがって、声から文字への過程に、文字から声へのそれをそのまま裏返しにして当てはめることはできそうにありません。

目下のところ、声と文字の落差の大きさを具体的に確認するだけで引き下がるしかありませんが、歌と譜が揃って伝来した貴重な資料である琴歌譜は、声の世界再現の手がかりを示唆する唯一の古代文献です。琴歌譜が語っているメッセージは、文字から開放された、あるいは文字とはかかわらない歌が自在な形を取り得るという、声の自在性の問題だろうと考えられます。○○曲（振）の歌曲が示唆するのは、歌い方は自在であっても、短歌形式に回収することのできる定型を持った歌謡の流行です。

短歌形式という歌体に拘ったのは、東歌がどうして全て短歌形式だったのかという疑問があったからです。東国の歌から短歌形式だけを選んだわけではないでしょう。短歌形式に回収できる歌が、東国や東国を含めた鄙から都へ攻め上り、それが都で磨かれ、再び鄙に跳ね返るという相互交流を想定してもよいのではないでしょうか。

5 東歌の世界

万葉の恋歌の原郷は歌垣であるらしい。歌が発生する場と歌の様式とがひとつに重なる位置に歌垣が想定できるからです。この歌垣的契機を最も髣髴とさせているのは、巻十四の東歌です。歌垣の歌は既に述べたように声の世界で生きた歌です。しかし東歌を声の世界の歌とするには多くの問題があります。かつて東歌は東国の民謡と考えられましたが、巻十四を見る限りでは、東歌には謡われた痕跡の片鱗だになく、また全てが短歌形式であることは民謡説の否定的要素となります。[25]それにもかかわらず、東歌には東国の人びとの、鄙の地ならではの生活感情が鮮やかに歌われています。そういう意味では、謡われる歌——歌謡の要素を濃厚に持っているといえるのですが、その歌謡性はむしろ東歌を都の貴族文学の一支流に位置づけることによって見えてくるものです。都の方から照射される光に洗われて姿を表した歌といえるでしょう。都との接点を抜きにしてはその性格は語れません。

平安から鎌倉にかけての歌人・歌学者である顕昭の古今集注は、教長《のりなが》の説として「あずまうたと云は、東国のうたまくらを読める也。帝に諸国の所〻を聞召せん為也」（原文漢字まじりのカタカナ）と述べています。「歌枕」（和歌に詠まれる名所）を詠むというのは従えぬにしても、論理の方向は東歌の本性に届いているように思います。東国の稲の魂を負った荷前《のさき》（地方の産物の初物を伊勢神宮などに奉納すること）の使が服属を誓った時の歌が東歌だ、とする折口信夫の近代の説[26]とどこかで通じています。歌は国魂を負ったものですから、歌枕を詠んだ歌の奉呈は服属の証しともなり、御代のめでたさの祝いともなります。

東歌の蒐集の目的や蒐集者はわかりません。上に述べたように朝廷は地方文化の掌握に意を注いでいました。朝廷にとって統治の歴史の浅い東国は、特に馴致に力を注ぐべき地方であり、軍事力の供給地としても重要視されていました。東歌蒐集の背景には、そのような政治性があったと想像され、少なくとも個人的な興味での蒐集ではなかったでしょう。中国では周代に風俗を探訪し民間の詩を蒐集した采詩官が置かれていましたが、わが国ではそのような官職は確認できません。もし采詩官のように職務として蒐集したものであれば、蒐集した歌の国の所属が分からないはずはありません。周知のように巻十四は、国名のわかる歌と、所属不明の未勘国歌とに分類しています。歌に詠まれた地名を手がかりに国別に分類したようです。東歌二三〇首中、未勘国歌は六割を超えて一四〇首に及びます。おそらく原資料は未整理な状態でありながら、それでも東国の歌であるが判断できるような、あるまとまりを持った歌群であったと思われます。

東歌は宮廷文化の篩《ふるい》にかけられたものですが、その隙間を縫ってなお東国の民の声はあふれ出ています。歌垣の場から越境した歌が何らかの影を投じていると思われます。

多摩川に曝《さら》す手作りさらさらに何そこの児のここだ愛《かな》しき　（14・三三七三）

筑波嶺の嶺ろに霞居《ゐ》すぎかてに息づく君を率寝《ゐね》てやらさね　（14・三三八八）

筑波嶺にかか鳴く鷲の音のみをか鳴き渡りなむ逢ふよしをなみ　（14・三三九〇）

人妻と何《あぜ》か其《そ》をいはむ然らばか隣の衣《きぬ》を借りて著《き》なはも　（14・三四七二）

一首目は武蔵国の歌。調（税）として朝廷に納入する手作りの布を多摩川に曝す、その布のようにさらにさらにどうしてこの児がこんなにいとしいのか、という意ですが、「曝《さら》す」から「さらさら」に転ずる、いわゆる序歌。「さらさらに」は「更に更に」と「新《さらさら》〻」が掛けられているようであり、また布を曝す「サラサラ」という擬音を響かせています。男からの誘い歌ですが、東国の民の生活が生き生きと表出されています。

二首目の常陸国の歌は、筑波山にかかった霞が動かないように、ため息をついてお前の側を通り過ぎきれないあの方を、共寝をしてかえしておやりなさいという、年かさの第三者が若い女に語りかけた歌。歌垣の場を髣髴とさせるような歌い方です。三首目の「かか鳴く」は擬音語、鷲のようにわたしは鳴き続けることだ、あなたに逢えなくての意。四首目は未勘国歌。人妻だからいけないとどうしていうのだろう、隣の人の着物を借りて着たりしないだろうか、するではないかの意ですが、着物を貸し借りする日常習慣にかこつけて、人妻に求愛する男の歌と思われます。

おそらく歌垣では、右のような発想の歌が掛け合わされたのではないでしょうか。歌垣あるいはそれに準ずる、日常を越えた場であるからこそ、このように歌えるのです。普段の生活空間の中で、特定の相手に対してこのような歌を歌いかけたとは考えられません。第一声に出して歌えばたちまち人の知るところとなります。恋は秘すべきものですから、人目を避けてひそかに合図を送ったり、女を戸外に呼び出す場合も、犬や猫の声を真似るなど当事者にしか分からないさまざまな工夫をしたことでしょう。あるいは、相手の兄弟や姉妹などに託して思いを伝える場合もあったと思います。若者たちがお互いにそのような便宜を取り合ったことも考えられます。伝言の場合は歌を口頭で伝えてもらうこともできるかもしれませんが、いささか無理のように思います。識字層であれば恋文に託すこともできますが、東国の庶民の階層ではまず不可能です。

どのような歌形であるにしろ、これらの歌が個人ではなく、集団で謡われたとすれば、その機会は村祭りや祝い事の席などいくらでもあったでしょう。東歌は基本的には集団の歌であり、一個人の心情の表出ではなかった。庶民の共同体の内部だけに止まらず、国司主催の地方豪族との宴や、国司を招いての土地の有力者の宴などで土地の歌が披露されることもあったに違いありません。またそのような宴席で、遊行女婦《ゆぎょうじょふ》（遊女）と客人が擬似的な恋歌を交わすこともありえたのです。徭役《ようえき》で都に上った民や、国司の帰還あるいは四度使（国司は行政の成果を中央政庁に上申することが義務づけられていた。大帳使・正税使・貢調使・朝集使の四種）として上京した官人が、赴任先の風俗を土産として披露することも想像できます。地方と都を結ぶ交流はそのまま歌のルートでもありました。東歌もそのようなルートを潜って都の洗練された文化の光を浴びた鄙の歌でした。

6　宴の歌から個人の歌へ

東歌の恋歌（相聞歌）の原形の多くは、歌垣からあふれ出た民間の声の歌——集団の歌謡だったのではないでしょうか。東歌が短歌形式であることはその歌謡性を否定するものではありません。おそらく都風の恋歌の原郷にある歌の雛形のひとつに、東歌のゆたかな抒情があったと思われます。鄙《ひな》の歌謡に刺激され、それを受けつつ洗練されていった都の歌は、声の世界をどのように継承したのでしょうか。恋歌に限っていえば、それは歌垣的世界を再生させた宴《うたげ》においてでした。

都の貴族とは、東国の女から、

うちひさす宮のわが背は大和女《やまとめ》の膝枕《ま》くごとに吾《あ》を忘らすな　（14・三四五七）

と歌われる「うちひさす宮」の男、「大和女」です。この歌は、任期果てて都へ帰る国司に対して、現地妻であったらしい女が惜別の情を訴えたものです。おそらく国司と地元の女にありがちな恋の関係を主題として謡われた集団の歌でしょう。ともあれ両者の間にある身分や文化の格差は、歌を質的に変容させました。貴族たちが東歌的世界から掬い上げたのは、歌の集団性と歌の発想様式でした。歌の世界は鄙から都まで地続きではありますが、歌垣的世界の歌と個人の抒情歌の間には宴の世界がありました。

公的な儀礼や宮廷祭祀に伴う宴席では久しく歌が献じられてきました。そこでは宮廷に伝承された古歌のみならず、新作の歌も披露されます。すでに天智朝には文芸的な漢詩の会があり、その場で歌も詠まれています。漢詩の会は歌の文芸化を促す契機ともなりました。歌の文芸化に応じて、歌が虚構の恋を演出しつつ宴を華やかに彩ったものとして、次のような歌があります。

天皇、蒲生野《かまふの》に遊猟《みかり》したまふ時、額田王《ぬかたのおほきみ》の作る歌

あかねさす紫野行き標野《しめの》行き野守《のもり》は見ずや君が袖ふる　（1・二〇）

皇太子《ひつぎのみこ》の答へましし御歌　明日香宮に天の下知らしめしし天皇、謚して天武天皇といふ

紫草《むらさき》のにほへる妹を憎くあらば人妻ゆゑにわれ恋ひめやも　（1・二一）

天智天皇七年（六六八）五月五日に催された蒲生野での狩猟の時の歌です。五月五日は端午の節で、男は鹿狩に興じ女は薬草を摘みました。紫野は紫草が栽培されている薬草園です。紫草は薬草でもあり、その根は紫の染料として用いられました。額田王の「あかねさす」は紫にかかる枕詞。宮廷の人びとはうち群れて紫野を行き来していました。皇太子が私に向かって袖を振っていらっしゃる。野の管理人である「野守」が見るではありませんか、そう言ってたしなめたのが額田王の歌です。皇太子とは、題詞の割注にあるように、後に天武天皇となった大《おお》海人皇子《あまのみこ》のことです。袖を振るのは相手の魂を招き寄せる呪的行為であり、求愛の仕草でもあ

ります。人目に立つ大胆な行為となります。

額田王は大海人皇子の若き日の妻で、二人はすでに十市皇女を儲けているのですが、この贈答歌の時点では、額田王は大海人皇子の兄である天智天皇の宮廷に女官として仕えていました。大海人皇子との関係が続いていたのか、離《か》れ離《が》れになっていたのか定かではありません。江戸時代の伴信友著の長等の山風あたりからですが、額田王をめぐっての兄弟の確執がいわれ、天智天皇の遺児大友皇子と大海人皇子との熾烈な権力闘争である、壬申《じんしん》の乱に発展したという説がありました。程度の差はあれ、今日でもこの三角関係は一般的にはかなり支持されているようです。

とかくスキャンダルは劇的で深刻なほど人びとの興味をそそります。そのように受け止められる理由は、大海人皇子の返しの歌に「人妻」という措辞があるからで、人妻だからといって恋しないだろうか、いや恋しく思うというのが歌意です。後宮の女官は原理的には天皇の妻たる立場でもありますから、額田王は天智の妻という言い方には根拠がないわけではありません。しかしこの場合は意図的な禁忌の恋の演出と思われます。額田王はすでに四十を越えていたと推定されます。当時としては嫗《おうな》の域に達しているわけです。現実的にはかなり興ざめの恋ですが、面白さが感じられるのは、宴の席での擬似恋愛だからです。紫野で実際に歌いかけたものではありえません。現実の恋であれば秘さなければならないからです。人目は「野守」だけではないでしょう。

五月五日の晴れの行事には宴が伴っていました。そこは奏楽歌舞なども演じられた享楽の時空です。歌垣的な雰囲気の中で、求愛されて妖しく揺れる心を歌ったのが額田王で、その額田王に対して、「紫草のにほへる妹」というこの上なき讃辞を通して、激しい恋を演じて見せたのが大海人皇子です。紫は美しく高貴な色です。紫の衣裳は高貴な身分でなければ着用を許されず、その使用は厳しく制限されていました。万葉集でこれほど女心をくすぐる賛辞はないでしょう。大海人皇子の歌はそういう意味でも宮廷人の喝采を浴びたと思われます。

この恋の贈答歌は巻一の「雑歌」に採られています。公的な宮廷行事にかかわる歌だから記録されて宮廷に伝えられたものと思われます。編者が「雑歌」に分類したのも宮廷行事の歌だからです。現実の二人の関係がどのようであろうと、それが宴の場にそのまま持ち込まれることはありません。宴という現実を越えた場なればこそ、禁忌の恋を演じることが可能なのです。宴は晴れの時空です。そこに入るには、髪や冠に花などを挿頭《かざし》にして聖空間にふさわしい装いをしなければならなかったのです。人から神への変身といっても過言ではありません。だからこそ虚構の自己を表現できたのです。宴の仮面性といってもよいでしょう。それが宴の論理でした。

個の情を表出する恋歌が成立するきっかけは、宴における演出された恋にありました。恋とは原理的には神の所有である女を奪う行為であり、神を裏切って男に通じることです。その禁忌性を乗り越えるために、恋人たちは神のことばを用いて、神と巫女を演じることになります。それはまさに歌垣の原理です。そのような歌垣の一夜を再現したのが宴でしょう。その宴という晴れの場から、日常の褻《け》の領域に恋歌を越境させたのは、歌の文字化だと考えられます。文字は現実を捨象する宴の機能を特定の相手の心に再生させる力を持っていました。声の歌から文字の歌へと展開することによって、恋歌の時空は飛躍的に広がったと考えられます。季節の花や紅葉の一枝に添えた結び文や手紙に息づく恋歌は、都人の雅《みやび》の華であったに違いありません。

7　文字表現と恋歌

歌垣の構造を引き継いだ宴の場では虚構の恋によって歌が生成します。虚構とは、歌が作者の現実、つまり宴の外部の世界と隔離されているという意味です。心とは見えないものであり、ことばは常に心を裏切り、心を籠絡するものですから、歌表現に作者の心がどの程度こもっているかは、作者自身にも正確には分からないかもしれません。恋が装いでなく本音である場合もあろうし、時には嫌厭の情をかみ殺している場合もありえるわけです。

蒲生野の贈答歌が親愛の情を分かち合っていたかどうかは保証の限りではありません。宴の恋歌は仮面を着けてのやり取りに過ぎないでしょう。歌垣にもその可能性はありますが、歌垣の恋歌は根底に実態としての求愛を担保しています。つまり歌垣の場で恋が成立した場合、共同体の婚姻秩序の篩《ふるい》にかけられるにしても、歌垣の外の世界への回路がありました。それに対して、宴の恋歌は虚構性を前提とします。日常への退路を断たれているところに成立します。だからこそ参加者は心安んじて恋を告白できました。まさに仮面の告白です。

文字は第三者を表現の外に締め出すことができます。閉ざされた対関係の中に歌を取り込むことを可能にさせたのが文字です。それは個人の内部に宴の祭祀性や享楽性を再現することを可能にしました。文字による宴の祭祀性や享楽性の再現は、宴が失った現実への回路を拓く有力な手立てとなります。

それでは、対関係の中で恋歌はどのようにとり交わされたのでしょうか。

　京職藤原大夫《ふじはらのまへつきみ》、大伴郎女《おほとものいらつめ》に贈る歌三首

をとめ等《ら》が珠匣《たまくしげ》なる玉櫛《たまくし》の神さびけむも妹に逢はずあれば　（4・五二二）

よく渡る人は年にもありとふを何時《いつ》の間にそもわが恋ひにけり　（4・五二三）

むしぶすま柔《なご》やが下に臥せれども妹とし寝ねば肌し寒しも　（4・五二四）

　大伴郎女の和《こた》ふる歌四首

佐保河の小石踏み渡りぬばたまの黒馬《くろま》の来る夜は年にもあらぬか　（4・五二五）

千鳥鳴く佐保の河瀬のさざれ波止む時も無しわが恋ふらくは　（4・五二六）

来むといふも来ぬ時あるを来じといふを来むとは待たじ来じといふものを　（4・五二七）

千鳥鳴く佐保の河門《かはと》の瀬を広み打橋渡す汝《な》が来《く》とおもへば　（4・五二八）

右、郎女は佐保大納言卿の女そ。初め一品穂積皇子に嫁ぎ、寵《うつくし》びをうくること儔《たぐひ》なし。皇子薨《かむあが》りましし後、藤原麿大夫《まへつきみ》この郎女を娉《つまど》ふ。郎女は坂上に家《す》む。よりて族《やか》氏《ら》号《なづ》けて坂上郎女《さかのうへのいらつめ》といふ。

右は、万葉きっての才媛である大伴坂上郎女と藤原麿《ふじわらのまろ》との贈答です。左注にあるように、郎女は佐保大納言安麻呂の娘で、母は石川郎女、旅人《たびと》の異母兄妹にして家持《やかもち》の叔母に当ります。初め穂積皇子に嫁し、皇子の亡き後藤原麿の寵愛を受けます。後に別れて異母兄の宿奈麻呂《すくなまろ》の妻となり、坂上大嬢《おおいらつめ》・二嬢《おといらつめ》を生みました。娘の坂上大嬢は甥家持の妻となった女性です。兄の旅人亡き後の大伴家の内部を束ね、大伴家の嫡男家持の成長を支えたのがこの坂上郎女です。麿の京職大夫就任は養老五年（七二一）六月ですから、穂積皇子薨去の和銅八年（七一五）から少なくとも六年を経過しています。

両者の贈答が三首対四首で数の上で左右対称とはなっていませんが、一首目の麿の歌から始まっていると見て支障はありません。「をとめらが珠匣なる玉櫛の」は「神さび」の序詞です。「さぶ」はそのものらしく振舞う意の接尾語ですから、本来の意味は神としての性質を発揮す

るとなります。この歌では古ぼけた老いたの意です。讃《ほ》めことばの卑俗化ですが、序のめでたさの故に、本義の「神さぶ」を引きずっているような印象があります。

珠匣（櫛笥《くしげ》）はよく歌に詠まれる題材ですが、櫛笥は櫛や紅などの化粧品を納める箱で、女性の魂が籠もる神聖な道具です。三輪山伝承では、倭迹迹日百襲姫《やまとととひももそひめ》が、訪れてきた三輪山の神である大物主の神の素顔を見たいとねだった時、神が籠もったのが姫の櫛笥でした。浦島伝説では櫛笥は玉手箱といわれます。ちなみに、浦島太郎を祀る宇良《うら》神社（京都府与謝郡伊根町本庄）では、玉手箱と称する化粧箱が大切に保存されています。太郎を護っていた乙姫の魂が抜け出したのは、不用意に箱の蓋を払ったからです。

その珠匣のなかの玉櫛のように「神さびけむも」ですから、単に老いていることだろうでは収まらないものをはらんでいることになります。相手の坂上郎女のことを言っているのであれば、近づきがたい尊さをいう讃《ほ》めことばとなります。あるいは神のように取り澄まして私を無視しているという皮肉にもなるでしょう。麿自身のことであれば、「神さぶ」は逢えない時間の心理的な長さを表明することになり、老人すなわち愛欲を超越した神のようにさせられているのだろうか、という意味になります。「神さぶ」の主体がどちらであるのか、今のところ決め手がありません。

万葉集中、「櫛」を詠んだ歌はこの歌を含めて一三首、この歌と同じ発想をとっているのは、人麻呂歌集歌の次の一首です。

　朝づく日向ふ黄楊《つげ》櫛《くし》旧《ふ》りぬれど何しか君が見れど飽かざらむ　（11・二五〇〇）

「朝づく日」は「向ふ」の枕詞。向き合う櫛のように二人は古い仲だが、どうしてあなたは見飽きないのだろうの意。櫛を左右のミズラに向き合わせて挿したことから「向ふ」と言ったかと解釈されています。この歌の「旧り」には、単に長い時間の経過のみでは収まらない「櫛」のめでたさがあります。櫛も女の命であり魂でした。呪物である櫛によってもたらされた「神さび」や「旧り」は、二人が人を超越した存在になることです。つまり恋の次元からもはずれるといった意味合いを引きずっています。「珠匣」や「櫛」にこだわるのは、この歌が次の「よく渡る」の歌の世界に手を触れているからです。

　麿の二首目は、よく辛抱する人は年に一度でも待っているというが、いつのまにか恋しさに堪えられなくなっていることよ、という意になります。七夕伝説に拠った表現ですが、直接には巻十三の長歌（三二六三）に添えられた反歌を踏まえているといわれています。

　隠口《こもりく》の　泊瀬《はつせ》の川の　上つ瀬に　斎杭《いくひ》を打ち　下つ瀬に　真杭《まくひ》を打ち　斎杭には　鏡を
掛け　真杭には　真玉を掛け　真玉なす　わが思ふ妹も　鏡なす　わが思ふ妹も　ありと
言はばこそ　国にも　家にも行かめ　誰がゆゑか行かむ　（13・三二六三）

反歌

年わたるまでにも人は有りといふを何時の間にそもわが恋ひにける　（13・三二六四）

長歌は冒頭から「真玉を掛け」までが序詞。鏡や玉のように恋しい妹が生きているというのなら、国にも家にも帰りもしようという趣旨です。この作品の左注には、木梨軽皇子《きなしのかるのみこ》の「自死の時」と記されています。木梨軽皇子と同母の妹である木梨軽皇女との恋は、「イモとセ」の項ですでに触れました。禁忌の悲恋物語に付託された歌でしょう。ただ、反歌は後に添えられたものかも知れず、巻十三の成立も近年の研究では万葉後期にずれ込むらしく、[27]この贈答歌の時点で反歌が添えられていたかどうか多少不安が残ります。

この反歌に拠った麿の歌に対して、坂上郎女の一首目の歌は、右の歌（三二六三〜四）と同様に泊瀬を詠み込んだ、同じ巻十三の、他の長歌の反歌に拠って答えているといわれています。[28]左記の歌がそれです。

川の瀬の石ふみ渡りぬばたまの黒馬《くろま》の来る夜《よ》は常にあらぬかも　（13・三三一三）

郎女歌は佐保河に舞台を移し、この歌の結句の「常にあらぬかも」（常であってほしい）を、麿の「年にもありとふを」に対応させて「年にもあらぬか」（年に一度でも来てほしい）に変化させています。長歌の引用は省略しますが、泊瀬の国に妻問いに来た天皇に、父や母が共に寝ていて気づかれてしまうので、とてもお逢いできない私は「隠妻《こもりづま》」ですという娘の歌です。巻十三では、娘の立場から歌われたこの長歌・反歌の前に、妻問いをする天皇の歌が置かれています（13・三三二〇～一）。言うまでもなく、天皇が娘の親に知られぬようにこっそり忍んでくるなどという面白いことは現実にはありえません。歌は虚構された世界を歌っているわけです。

麿の二首目の歌の背景には木梨軽皇子の歌がありました。この近親相姦は恋のロマンの格好の舞台装置であり、人麻呂の泣血哀慟歌がこれを踏み、麿もそれに倣ったということでしょう。禁忌の恋の印象を泊瀬川に結びつけたのが三二六三の長歌です。この長歌は泊瀬川のほとりで天皇を待つ聖女の姿を幻想させます。天皇の妻問いは神婚に準ずる秘事《みそかごと》です。それを日常の時空で模倣するのは重い禁忌でしょう。とすれば麿の一首目の「珠匣なる玉櫛の神さびけむも」もただ事ならぬ意味を帯びてきます。三輪山伝承で小道具に用いられたのが櫛笥でした。櫛笥に納められているのは櫛ですから、三輪の大物主は櫛でもあったことになります。櫛は聖なるクシ（奇《く》し）に通じますが、大物主はまさに大国主のサキミタマ・クシミタマとして祀られた神でした。いずれにしろ、麿の一首目は、神聖なる神の世界を引き寄せています。

それに対して郎女の歌は、泊瀬の国にかかわる禁忌の恋を踏まえた麿の二首目に対して、同じく泊瀬の神婚に拠って応え、天上世界の恋を地上の現実に転換して、織女星を演じたことになります。七夕も神婚と同じく禁忌性に包まれた恋でした。その対応の呼吸は絶妙であり、郎女の才華の初期の結実でしょう。

恋はそれを抑圧する禁忌性によって恋たりえます。したがって恋の最も有効な主張は、禁忌に沿って表現することです。麿の歌が神婚や近親相姦のイメージを絡めて表現される理由はそこにあり、郎女が七夕で受けたのも同様です。

麿の三首目は、一転して共寝への大胆な誘いになっています。その誘いを郎女の三・四首目が受けます。郎女の三首目は、「来」を意図的に多用した、万葉集古義（近世の注釈書。鹿持雅澄著）が言うところの「畳句体」です。同じく「来」を多用したものとして次のような歌があります。

梓弓《あづさゆみ》引きみ弛《ゆる》へみ来《こ》ずは来《こ》ず来《こ》ばそ其《そ》を何《な》ど来《こ》ずは来《こ》ば其《そ》を　（11・二六四〇）

梓弓を引いたり緩めたりするように、来ないのなら来ないのだし、来るのなら来るのだ。それをどうして来ないなら、来るならと、やきもきしているのだろう、という趣旨の歌です。この歌と同じく郎女の歌は、露骨な共寝への誘いをはぐらかす戯歌となっています。

原文は次のように表記されていますが、ルビを付して挙げておきます。

将来云毛《こむといふも》　不来時有乎《こぬときあるを》　不来云乎《こじといふを》　将来常者不待《こむとはまたじ》　不来云物乎《こじといふものを》

同語反復は声の世界において最も効果的ですが、「将来―不来―不来―将来―不来」という表記の視覚的効果も否定できません。文字は声の世界を再現する仕組みですから、両方の効果が期待できたのです。

郎女の四首目は麿の三首目を受けると同時に、この贈答全体を締めくくる役割を果たしています。「打橋」とは板を渡した橋のこと。打橋を渡しておきましょうと、麿の誘いに乗る歌となっています。

郎女の四首については、漢詩の起・承・転・結の流れであるともいわれ、音信という実用を超えて、男の来訪を待ち望む古代女性の、普遍的な姿を描いた文学に昇華されているとも評されています。[29]おそらく郎女自身によって後で整えられたものかと思われます。

宴の世界の歌が個の対関係に取り入れられた典型的な例が、麿と坂上郎女の贈答歌でしょう。しかしこの歌群は個の対関係に閉ざされることなく、文学として第三者の享受者に提供されています。後に述べるように、そこには歌の公共性の原理が働いているのです。

Ⅴ　皇子、皇女たちの恋

1　恋の鞘当て

既に触れた大伯皇女が弟の大津皇子との別れに際して詠んだ歌を筆頭に、万葉集巻二の「相聞」部の「藤原宮に天の下知らしめしし高天原広《たかまがはらひろ》野《の》姫天皇《ひめのすめらもこと》の代」（持統天皇）には、藤原京時代における天武の皇子女の恋歌が伝えられています。壬申の乱によって開かれた天武王朝を引き継いだ持統朝は、律令制もしだいに浸透して政治・経済ともに安定期を迎えました。長安の都に倣い、初めて都市構造を持った藤原宮も完成した時代です。天武の若き皇子女たちは、時代の脚光を浴びて最も輝いた若きホープです。多くの目や耳に囲繞《いにょう》されて彼らの恋は、たちまちくちさがない都びとに格好の話題を提供することになります。

　大津皇子、石川郎女《いしかはのいらつめ》に贈る御歌一首

あしひきの山のしづくに妹待つとわれ立ち濡れぬ山のしづくに　（2・一〇七）

　石川郎女、和《こた》へ奉《まつ》る歌一首

吾《あ》を待つと君が濡れけむあしひきの山のしづくに成らましものを　（2・一〇八）

　大津皇子、竊《ひそ》かに石川郎女《いしかはのいらつめ》に婚《あ》ふ時、津守連通《つもりのむらじとほる》その事を占《うら》へ露《あら》はすに、皇子の作りましし御歌一首

大船の津守の占《うら》に告《の》らむとはまさしに知りてわが二人宿《ね》し　（2・一〇九）

日並皇子尊《ひなみしのみこのみこと》、石川女郎に贈り賜ふ御歌一首　女郎、字を大名児といふ

大名児《おほなこ》を彼方《をちかた》野辺に刈る草《かや》の束《つか》の間《あひだ》もわれ忘れめや

（２・一一〇）

石川郎女と石川女郎とは同一人物と思われますが、久米禅師と歌を交わした石川郎女（九六〜九七）や他の同名の女性とは別人、伝未詳です。大津皇子の一首目は、逢引の場に佇んでいるうちに山の滴に濡れてしまったことを、郎女に伝えた歌です。袖にされたのですから、恋の恨みを訴えたことになります。対してイラツメは、あなたを濡らした山の滴になればよかったのにと応じています。

よほど恋の手管に長じた女性らしく、待ちぼうけをさせておきながら、雫のように相手の肌に密着したいという思いを告げています。女性特有の媚態が見られます。媚態は否定と肯定を同時に表す技です。男の求愛に一旦は拒否の姿勢をとる。それは共同体の外部から訪れてくる神に対して警戒する巫女の振舞いを始原とするようです。天皇などの貴人の妻問いに、身を隠すヲトメの伝説が風土記に見られますが（播磨国風土記の印南《いなみ》の別嬢《わきいらつめ》伝説）、相手の求愛をかわしてみせるのは、絶対の拒否ではなく、信じるに足る愛の証が得られるまでの女の不安を表してもいます。それが媚態となって一層男の恋心を掻き立てることになるわけです。イラツメの底意地の悪さは、女の恋歌の特質でした。

三首目の皇子の歌は、題詞によると、ひたすら秘していた恋が、津守連通の占いによって露

わになった折に詠まれたものです。「竊《ひそ》かに」とありますから、やはり禁断の恋でしょう。

軽皇子と軽皇女の同母兄妹の恋が露見したのは、日本書紀によれば、允恭天皇のご膳の汁が夏にもかかわらず凍るという異常を占わせたところ、「内の乱《みだれ》有り。蓋《けだ》し親親《はらからどち》相姧《たは》けたるか」という結果が出たことによります。大津とイラツメとの恋がどのような意味で禁忌であったかは分かりませんが、おそらく兄の草壁皇子（日並皇子尊）の思い人として定まっていたのを横取りしたのでしょう。草壁皇子の歌の「大名児」と呼ばれるイラツメは、同一人物と思われますので、大津は兄の草壁と恋敵となります。彼女を得たのは大津の方ですが、上に述べたように大津の悲劇の原因は、皇太子である草壁にとって強力なライバルであったことです。これらの歌から、若き兄弟の間に恋の確執を推測するのは面白すぎるかもしれませんが、想像の羽を延ばすのも古典の読み方のひとつでしょう。

ともあれ、大津はイラツメとの恋をひたすら秘していました。原則として恋は秘すべきものですから、当然かもしれませんが、占いによって露見するというのは穏やかではありません。草壁が絡んでいたとすれば、この題詞は俄然事件めいてきます。占いに出るだろうとは、前もって分かっていながら共寝をしたのだという、大津の歌には恋の勝利者としての開き直りが見られます。それに対して、草壁の歌はひたすらなる恋を訴えています。「彼方野辺に刈る草の」は「束の間」を導く序詞。イラツメの字《あざな》である大名児のナコはナヌシ（名主）に対する名子です。名主に仕えて農業などに従事したことから、「野辺に刈る草」を連想したといわれています。

イラツメは次に挙げる歌の題詞では「大津皇子の宮の侍《まかたち》」と記されています。「侍」は侍女ですから、大津は自分の宮殿に引き取ったことになります。そのイラツメが、大伴宿禰《おおとものすくね》宿《すく》奈麿《なまろ》に歌を贈っています。

古りにし嫗《おみな》にしてやかくばかり恋に沈まむ手童《たわらは》の如　（2・一二九）

年取った女にしてなおこれほど恋に沈むのだろうか、まるで少女のように、と歌っていますが、恋の遍歴を重ねたらしいイラツメにして、なお新たな恋に翻弄されているようです。歌からはそのように感じられますが、実際はどうだったのでしょうか。

2　朝川わたる

恋の苦悩が珠玉の作品に結実した例として、但馬皇女《たじまのひめみこ》に勝るものはないでしょう。

但馬皇女、高市皇子《たけちのみこ》の宮に在《ま》す時に、穂積皇子《ほづみのみこ》を思ふ御歌一首

秋の田の穂向《ほむき》の寄れること寄りに君に寄りなな事痛《こちた》かりとも　（2・一一四）

穂積皇子に勅《みことのり》して近江の志賀の山寺に遣はす時、但馬皇女の作りまし御歌一首

後れ居て恋ひつつあらずは追ひ及《し》かむ道の隈廻《くまみ》に標結《しめゆ》へわが背　（2・一一五）

但馬皇女、高市皇子の宮に在《いま》す時、竊《ひそ》かに穂積皇子の接《あ》ひて、事すでに形《あらは》れて作りましし御歌一首

人言《ひとごと》を繁み言痛《こちた》み己《おの》が世に未だ渡らぬ朝川渡る　（2・一一六）

但馬皇女、高市皇子、穂積皇子の三人は共に母を異にする天武の子女です。高市皇子は壬申の乱の総司令官を勤めました。天武の長子ながら卑母の出生であるため、皇位を践《ふ》めなかった皇子ですが、太政大臣の地位に上った傑物です。但馬皇女が「高市皇子の宮に在す」とは同棲していたことを示しています。高市皇子の正妻は天智の娘の御名部皇女《みなべのひめみこ》ですが、皇子の身分では複数の妻がいても不思議ではありません。異母兄妹の婚は禁忌ではなかったのです。但馬にとっての禁忌は穂積との道ならぬ恋の方です。秋の田の穂の向きの一方に寄るように、君に寄り添いたいと但馬は穂積へのひたむきな恋を歌っています。「言痛《こちた》し」とは、世間の批判が厳しいことです。恋は世人の噂に深く傷つきます。

この密通事件は、当事者が天武の皇子女であるだけに、そのままではおさまらない、宮廷を揺るがすほどのスキャンダルになったようです。「遅れ居て」の歌の題詞「穂積皇子に勅して、近江の志賀の山寺に遣はす」とは、事態の収拾をはかるべく、持統天皇が一時穂積皇子を都から遠ざけるために、法会などの勅使にかこつけて近江の寺に遣わしたと見られています。山寺というのは天智天皇の発願で建立された近江の崇福寺のことです。この寺は大津京から後の平

安京へ抜ける志賀越えの街道にあり、室町時代まで存続しましたが、現在は礎石を遺すのみの廃寺となっています。藤原京時代にはその寺で天智の忌日に追善供養が行われました。

母方が同じ蘇我氏であったこともあって、穂積は持統天皇から優遇されていたようです。穂積の体のよい一時的な追放は、時の太政大臣である高市の体面もあっての処置であったのかもしれません。

「遅れ居て」の歌は、非難の渦中にありながら、但馬のさらに高まる情熱が迸《ほとばし》っています。後に残って恋い続けてはいず、あなたを追いたい。道の曲がり角ごとに道しるべを結ってほしい、というこの歌は、仁徳天皇の皇后である磐姫《いわのひめ》の

かくばかり恋ひつつあらずは高山の磐根《いはね》し枕《ま》きて死なましものを　（2・八六）

と同じ発想です。記紀では極めて嫉妬深く天皇を悩ませた姫は、万葉ではひたすら天皇を恋い慕うしとやかな女性でした。内に秘めた恋情の激しさは、但馬のこの歌に引き継がれています。

穂積との恋が人の噂にたった時点で詠まれたのが「人言を」の歌です。穂積皇子が高市皇子の宮に忍んで行くのは、あまりに大胆すぎるので、逢いに行ったのは皇女の方だと思われますが、それにしても、どうして皇女は、人の噂がやかましいからという理由で、今まで渡ったこともない朝の川を渡ったのでしょうか。川を渡るのは恋の成就を願う民俗だとする説もありますが、この歌の場合は当てはまりそうにありません。高貴な身分でありながら庶民の女のよう

に川を渡ったという意味でもなさそうです。また逢った帰りの渡河なのか、これから逢いに行くための行為なのか（おそらくそうだと思いますが）、歌意からは明確には読み取れません。はっきりしているのは、女が川を渡るのが異常な行動だったということです。後で詳しく述べますが、それは女人渡河の禁忌を犯す行為であり、人の虚を突く振舞いでした。川を渡って他界に行くことを暗示しているのかもしれませんが、今はとりあえず逢いに行くための朝の川と考えておきましょう。

現実の倫理に悖《もと》る時、恋の禁忌性はいっそう尖鋭とならざるを得ません。恋に打算が入り込む余地がなく、恋の純度が増すからです。歌を詠むことは褻《け》（日常）の世界からの離脱であり、聖なるヲトコ・ヲンナの関係に立ち戻ることでした。それによって現実の不条理をのり越え、自己を救済できると信じられていたと思います。歌の呪性とは歌のそのような働きです。但馬皇女にとって歌うことが唯一の真実の証であり、生きる手立てであったと思います。その一途さが人の心を打つのです。道ならぬ恋は歌によって浄化されつつ、悲恋物語として伝えられていきました。

この悲恋は但馬皇女の歌のみで綴られており、穂積皇子の返しの歌は伝わりません。しかし皇子には、但馬皇女が没した後、雪の降る日に遥かに墓を望んで「悲傷流涕して」詠んだと題する次の歌があります。

降る雪はあはにな降りそ吉隠《よなばり》の猪養《ゐがひ》の岡の寒からまくに　（2・二〇三）

但馬皇女は和銅元年（七〇八）に薨《こう》じました。穂積皇子との恋は高市皇子の没年の持統十年（六九六）以前ですから、その時点からすでに十数年の時が流れていました。皇女が葬られた猪養の岡のある吉隠は奈良県桜井市の長谷寺近くです。雪は多く降らないでほしいと歌う、穂積の痛切な思いの彼方に、もはや歌うことのない皇女の永遠の眠りがありました。

3　花にあらましを

皇子女の道ならぬ恋は右にとどまりません。穂積皇子の同母の妹である紀皇女と弓削皇子《ゆげのみこ》の恋もまた密通かと思われます。この場合は弓削皇子の歌しか伝わっていません。

弓削皇子、紀皇女を思ふ御歌四首

吉野川逝《ゆ》く瀬の早みしましくも淀むことなくありこせぬかも　（2・一一九）
吾妹児《わぎもこ》に恋ひつつあらずは秋萩の咲きて散りぬる花にあらましを　（2・一二〇）
夕さらば潮満ち来なむ住吉の浅鹿《あさか》の浦に玉藻刈りてな　（2・一二一）
大船の泊《は》つる泊《とま》りのたゆたひに物思《も》ひ痩せぬ人の児ゆゑに　（2・一二二）

皇女が薨じたのち、山前王《やまくまのおおきみ》（忍壁皇子の子）が石田王《いわたのおおきみ》（伝未詳）に代わって詠んだという伝えのあることが左注に記されている歌（3・四二四～五）によれば、紀皇女は石田王の妻であったようです。一首目は譬喩歌で、流れが速く淀むことがない吉野川のように、皇女との仲も進んでくれないものかという意。この四首は巻二巻頭の磐姫《いわのひめ》皇后の四首に倣っているといわれ、その故に弓削皇子に仮託された歌という見方も行われています。弓削皇子の恋も格好の話題としてもてはやされたでしょうが、歌を仮託とするのもひとつの可能性にすぎません。ここでは弓削皇子自身の歌と考えておきます。

二首目は、上に引用した磐姫の「かくばかり恋ひつつあらずは」（2・八六）と同じ発想であり、但馬皇女の歌「後れ居て恋ひつつあらずは」（2・一一五）もその影響下にあることはすでに述べたところです。皇女への恋に苦しんでいず、はかなく散る萩の花であればよかったと嘆いています。磐姫の「磐根し枕きて死なましものを」の深刻さに比べ、同じ死でありながら、弓削皇子の歌には繊細な感性があります。浅鹿の浦で玉藻を刈りたいと歌う三首目の「玉藻」は、皇女の譬喩となっています。柿本人麻呂にも、なびき寄る玉藻に妹の姿を思い描いた歌（2・一三二）があり、持統朝の新風と思われます。四首目は、港で揺れている船に寄せて心の揺れを描き、物思いによって痩せてしまったと歌っています。

藤原京時代の相聞歌として収録された恋歌で、皇子女の恋歌としては右の他に、舎人娘子《とねりのおとめ》に贈った舎人皇子の歌が伝えられています。

大夫《ますらを》や片恋せむと嘆けども鬼《しこ》の大夫なほ恋ひにけり　　（2・一一八）

大夫たるものが片恋などするものかと嘆くが、ろくでもないこの大夫はやはり恋することだという趣旨ですが、大夫とは強いばかりでなく、知力にも優れ、沈着冷静な男のことです。大夫たる自負が、恋によって揺らぐ不甲斐なさを自嘲して「鬼」といっているのですが、大夫の強い意志によっても制御できない恋の強さを表出しています。この率直で力強い舎人皇子の歌に比して、弓削皇子の四首には天平時代の繊細優美な詠風を先取りしたような調べがあります。なお、弓削皇子へ贈る紀皇女の歌は伝わりませんが、万葉集は皇女の次の一首を収めています（三〇九八歌も皇女の作の可能性がありますが省略します）。

軽の池の汭廻《うらみ》行き廻《み》る鴨すらに玉藻のうへに独り宿《ね》なくに　（3・三九〇）

鴨ですら独りで寝ることはないのにと嘆く歌は、あるいは弓削皇子を恋う歌だったのかもしれません。

VI　玉梓の使

1　泣血哀慟歌の使い

秘すべき恋を詠んだ歌は、現代でいえば個人情報であり、当事者しか知りえないはずです。密通などの道ならぬ恋の場合はなおさらでしょう。それではどうして右に見た皇子女の恋歌が万葉集に収録されたのでしょうか。歌は彼らの秘密の恋を白日に曝すことになります。そのような歌が個人の手を離れて、編纂者の手元に資料として蒐《あつ》められたのですが、資料の形も様々であったと思われます。宮廷儀礼に関わるものや宴席歌のような公的なものの場合はともかく、個人の恋歌が公的な歌集に浮上する経路を特定することは難しいことです。しかし以下のような可能性が考えられます。贈答の当事者が手控えとして記録したものが、何かのきっかけで第三者の手に渡るか、あるいは他の歌と共に家集の体裁をとり、それがやがて編纂者の蒐集の網にかかるという経路です。

もとよりそれには歌が個人の情報という次元を超えて、文芸として受容される環境の醸成が不可欠でした。事実でありながらそれを捨象する、ある種の虚構性を歌に認める意識の共有です。つまりは歌の公共性の問題です。たとえどれほど倫理に反する内容であっても決して咎められることのない、歌のあやかしは歌の命でしょう。だからこそ逆に歌に真実を託することができたのです。たとえ自身の歌であっても、事実を振り払った普遍性がある。文芸として他者に披露する契機ともなりえたのがこの普遍性なのです。

歌が贈答の当事者の手元から離れる具体的な契機として、重要な役割を果たしているのは、恋の仲を取り結ぶ玉梓《たまずさ》の使いだと考えられます。恋そのものの展開に最も密着したのがこの玉梓の使いという陰の存在でした。以下この問題を考えることにします。

万葉集には四一首、「使ひ」が詠まれています（「玉梓の使ひ」一二首・「使ひ」二七首・「玉梓の言」一首・「玉梓の人」一首の計四一首。枕詞「玉梓の」が「妹」にかかるもの二首）。例えばこの玉梓の使いは、柿本人麻呂の「泣血哀慟歌」（2・二〇七〜二一六）の第一長歌では次のように歌われています。

沖つ藻の　靡《なび》きし妹は　黄葉《もみちば》の　過ぎて去にきと　玉梓の　使ひの言へば……

（2・二〇七）

この歌が事実に基づくとすれば、人麻呂は軽の地に住む妻の死をこの玉梓の使いで知ったことになります。右の長歌の反歌でも次のように当場します。

黄葉《もみちば》の散りぬるなべに玉梓の使ひを見れば逢ひし日思ほゆ　（2・二〇九）

この「玉梓の使ひ」は、おそらく馴れ初めの日から妹との間を行き来して二人の恋を実らせた存在でしょう。人麻呂にとっても親しい間柄だったらしく、妻の死後も人麻呂の元を訪れていたようです。そのような玉梓の使いを見るにつけ、妹に逢った日が昨日のように思い出されるのです。仮に「泣血哀慟歌」が事実に基づいて歌われたものとすれば（虚構であってもかまわないし、その可能性は大きいと思われますが）、玉梓の使いがもたらしたのは、死に至る詳細な情報でしょう。

2 訃報の使い

次の長歌は、大伴家持が越中国の国守として赴任して間もなく、弟の訃報を聞き知って嘆いた歌です。

……玉桙《たまぼこ》の 道をた遠み 山川の 隔《へな》りてあれば 恋しけく 日《け》長きものを 見まく欲《ほ》り
思ふ間《あひだ》に 玉梓《たまづさ》の 使の来《け》れば 嬉しみと 吾《あ》が待ち問ふに 逆言《およづれ》の 狂言《たはこと》とかも 愛《は》
しきよし 吾弟《なおと》の命《みこと》 何しかも 時しはあらむを はだ薄 穂に出づる秋の 萩の花
にほへる宿を 朝庭に 出で立ち平《なら》し 夕庭に 踏み平《たひら》げず 佐保の内の 里を行き過
ぎ あしひきの 山の木末《こぬれ》に 白雲に 立ち棚引くと 吾《あれ》に告げつる （17・三九五七）

遠く隔たっているので、会いたいと思っているうちに、使いが来たので嬉しく思っていると、その使いは思いがけないことを告げる、わがいとしい弟はまだその時ではないのに、秋の庭を賞美することもなく、ふるさとの佐保路を葬送され、火葬されて、その煙が山に棚引いていましたと。まだ二十代半ばの書持は野の花をこよなく愛した人で家持の歌友でもありました。病による急逝であったようです。愕然たる思いに家持は使いの言葉をすぐには信じられなかった。虚言か狂人のたわごとのようにそれを聴いたわけです。「逆言の　狂言とかも」は魂を切り裂く家持の悲鳴です。玉梓の使いは単なる情報の伝達者ではありません。知らせを受け取る者とともに喜び悲しむことのできる、よき理解者でなければなりません。枕草子に「すさまじきもの」として、託した文を相手が不在のため虚しく持ち帰った不甲斐ない使いが挙げられています。単なる走り使いの役しか果たせないのは興ざめであり、玉梓の使いとはいえないのです。

3　使いの労苦

古事記に、嫉妬深い磐姫《いわのひめ》皇后の伝承が伝えられています。天皇が新たな妃を寵愛したため、磐姫は出奔して山城国まで逃れますが、天皇は使者に丸邇臣口子《わにのおみくちこ》を遣わして召還しようとします。しかし姫はこの使者に会おうともしない。口子は庭にひざまずいてねばりますが、折悪しく降りだした雨にずぶ濡れになってしまいます。幸いにも口子の妹が皇后に仕えていました。妹は兄を助けて皇后にとりなしますが、それもうまくいかず、皇后との交渉は更に難航します。この口子の使命は天皇のことばを伝えるだけではなく、皇后の色よい返事を引き出すことです。玉梓の使いとはそのような役割を負った存在でした。

日本書紀の允恭《いんぎょう》天皇の七年一二月、近江の坂田にいる衣通郎姫《そとおしのいらつめ》を召し上げるべく遣わさ

117　Ⅵ　玉梓の使

れた舎人《とねり》の中臣烏賊津使主《なかとみのいかつのおみ》は、拒む姫の翻意を待ち続けること七日、庭に伏してねばった。飲食を給されても口にせず、餓死を覚悟の説得であるかのごとく演じてみせました。実は糒《ほしいい》を懐に忍ばせて飢えをしのいでいたのです。丸邇臣口子の場合と似ていますが、共に女の嫉妬が絡んでいるのは興味深いことです。衣通郎姫が天皇を拒んだのは、同母の姉で皇后の忍坂《おさかの》大中姫《おおなかつひめ》を憚ってのことでした。

中臣烏賊津使主は、神功皇后摂政前紀に、皇后が神憑りした時、「審神者《さにわ》」として神の声を聞いた人物と同じ名です。時代も身分も違っていますが、伝承としては同じ人物に付された二つの言い伝えと見られています。「審神者」は神と人という二つの世界の情報を知るものであり、使いの能力と共通しています。

「泣血哀慟歌」の玉梓の使いは、妻の死に至る様子に加えて、妻の魂が「軽の市」にさまよっていることを伝えたのかもしれません。作中の男は妻の家に向かわず、「軽の市」に駆けつけています。そこでも妻に逢えなかった悲嘆を歌っているわけです。家持は玉梓の使いを主役にして衝撃の激しさを歌いました。家持の歌は同じ使いによって都へ運ばれ、大伴一族へ伝えられたに違いありません。

玉梓の使いが婚姻にかかわる場合は、中国の婚姻の礼である媒（いわゆる媒酌人で、ナカダチ・ナカダツと呼ばれる）とも重なるでしょう。大江朝綱の「男女婚姻賦」（『本朝文粋』所収）に、

「始め媒介を使はして、巧みに舌端の妙を尽くす」といわれる媒（介）は、上代文献にも次のように登場します。

○大帯日子《おおたらしひこ》（景行天皇）が、印南《いなみ》の別嬢《わきいらつめ》を妻問いするために、息長命《おきながのみこと》を「媒」として播磨に下したという播磨国風土記「賀古郡」の伝承

○仁徳天皇が隼別《はやぶさわけ》皇子を「媒」として、雌鳥《めとり》皇女を妃にしようとしたという仁徳紀四〇年三月の記事

○太子（武烈天皇）が影姫を娶ろうと「媒人」を遣わしたという武烈即位前紀の記事（太子はこの影姫を真鳥大臣《まとりのおおおみ》の息子の鮪《しび》と「歌垣」に立って、歌の掛け合いで競っている）

○中臣鎌子《なかとみのかまこ》（鎌足《かまたり》）が蘇我倉山田麻呂の長女を中大兄皇子の妃にするために「媒」に立ったという皇極紀三年正月の記事

「媒」は制度としては確立していなかったようです。ただ実際には婚姻には第三者が介在してくるのは当然で、玉梓の使いの役割も「媒」という形をとることも多かったと思われます。夕顔の一枝を乗せた扇をきっかけに展開する、光源氏と夕顔の恋のために、源氏腹心の部下である惟光《これみつ》が、夕顔の身元調べの手段としてその侍女と恋仲になるなどの、ひたむきな奉仕は（源氏物語「夕顔」）、「媒」の概念では収まりません。それこそ玉梓の使いの役割でしょう。同じく源氏物語の末尾に、薫の使いに立った少年「小君」のうち萎れた姿がありました。宇治川

に入水したと思い込んでいた浮舟が尼になっていると知った薫は、浮舟の弟の小君に手紙を託します。小君は上の口子や烏賊津使主のようにねばりますが、浮舟は薫と匂宮《におうのみや》のはざまで、身も心も引き裂かれた恋の煉獄《れんごく》に再び陥るのを恐れ、頑なに仏の世界に籠もって弟に逢おうともしません。万策尽きて小君は立ち返って薫の前で泣きじゃくります。このいたいけな少年の涙が「夢の浮橋」の終幕を濡らしつつ、源氏物語は閉じられています。

使いの不首尾が深い「もののあはれ」に溶け込んでいる源氏物語に対して、平中物語（十八段）の使いの話は、気が利かず少し「ほぎたる」（惚けている）「文《ふみ》伝ふる人」によって、せっかくの恋が腰砕けになったことを語っています。平中物語は恋が崩壊する話を連ねますが、この章段は使いの重要性を浮き彫りにしています。

4　黒子役の使い

万葉の恋の背後にどれほどの玉梓の使いがいたのでしょうか。黒子役の彼らに光が当ることは稀です。

わが恋ふる事も語らひ慰めむ君が使を待ちやかねてむ　（11・二五四三）
情《こころ》には千遍《ちへ》しくしくに思へども使を遣らむ為方《すべ》の知らなく　（11・二五五二）
人言《ひとごと》を繁みと君に玉梓の使も遣《や》らず忘ると思ふな　（11・二五八六）

一首目は、恋人からの使いがいくら待っても来ないのだろうかと嘆きますが、この使いとは恋の苦しさを分かち合い慰めてくれる人でしょう。人目を忍ぶ恋には不可欠な存在です。よき相談相手となってくれるのが玉梓の使いです。二首目は、いくら恋しく思っても、使いの役を果たしてくれる人がいなくて困惑しているのか、あるいは使いすら人目に立ってどうすることもできない状態なのでしょう。後者だと思いますが、三首目はまさに使いすら人目を防ぐことが出来ない嘆きを歌っています。

右の歌を含めて、相聞歌巻である巻十一・十二には一三首の使いを詠んだ歌があります。かなり高い比率であるのは、この巻が「相聞往来」の歌ですから当然ともいえますが、東歌に全く歌われていないのは注意すべきでしょう。東歌の世界に使いがなかったとは考えられません。それではなぜ歌われないのでしょうか。識字層ではない庶民でも歌を詠んでいれば、口頭で伝えることができたはずです。おそらく使いが伝えることができるような、個人の情の表現としての歌が確立していなかったからだと思われます。

巻十一・十二の相聞歌は、古歌である「人麻呂歌集」や「古集」を先立て、それに現在の歌を連ねた構成で、時代は藤原京時代から奈良時代に及び、その舞台はほぼ大和を中心とした地域に限られています。それらの無名の歌人の主軸は下級官人だったようです。貴族官僚の末端に属する彼らは、いうまでもなく識字層であり、個の心情を歌うだけの修練を身に着けていました。
彼らの間を玉梓の使いは行き来して恋を支えつつ歌を伝えたのです。相手の訪れが最も望まれるのはいうまでもありませんが、何かの障りで離《か》れ離《が》れの時、使いは頼りになる唯一のよすがでした。

5　待たれる使い

次の大伴坂上郎女の「怨恨歌」には、その思いが切実に表出されています。

……大船の　たのめる時に　ちはやぶる　神や離《さ》けけむ　うつせみの　人か禁《さ》ふらむ　通はしし　君も来まさず　玉梓の　使も見えず　なりぬれば　いたもすべ無み　ぬばたまの　夜はすがらに　赤らひく　日も暮るるまで　嘆けども　しるしを無み　思へども　たづきを知らに　幼婦《たわやめ》と　言はくも著《しる》く　手《た》童《わらは》の　ねのみ泣きつつ　たもとほり　君が使を　待ちやかねてむ　（4・六一九）

訪れがあるだろうと頼りにしている時、神が仲を割いたのでしょうか、世間の人が妨げているのでしょうか、君も来ず、玉梓の使いも来なくなったので、どうすることもできず、終日嘆き暮らしていますが、なんとも仕方なく、タワヤメというその通りに、子供のように泣いてばかりで、あちこち歩き回って、君の使いを待っていても、待つ甲斐がないのでしょうか、そのように嘆いて見せたのが郎女の「怨恨歌」です。

玉梓の使いという見えざる影を右のように捉えたとき、個人の歌が公共性を獲得する重要な契機が彼ら玉梓の使いにあったことが容易に想定できます。支配層であれば、玉梓の使いに立つのは、光源氏にとっての惟光《これみつ》のような腹心の侍臣や侍女たちでした。身分が高いほど多くの侍臣や侍女に取り巻かれての日常ですから、恋は人目に立つ以前に内部の他者に触れることになります。歌も同様です。教養豊かな彼らはまた歌の優れた批評者でもありました。書信に添えられた歌であれ、口頭で告げるように託された歌であれ、最初に目にし耳にするのは彼らであり、また主の代作も勤めたはずです。

代作は万葉にも確認できますが、平安の物語などでは、言い寄る貴公子に対して最初は姫に代わって女房が返しの歌を詠んでいます。恋の進展に応じて、男女双方の侍臣なり侍女たちが顔見知りとなり、知己となることもありえたと思われます。こうした小さな批評集団が彦と姫を取り巻いていたのです。

6　歌の公共性

歌は記録されるばかりでなく、歌によっていつまでも語り伝えられることになります。秘すべき恋であっても、秘密の壁をやすやすと乗り越えていったのが歌でした。恋の当事者の歌がやがて侍臣や侍女たちの知人を通じて外部へ広がっていくのは、自然の成り行きでしょう。歌は個人の元を離れてひとり歩きします。そのような性質を歌の公共性といっておきます。密通などの忌むべき恋が語り伝えられていく力は、スキャンダルに寄せるくちさがない人びとの好奇心だけではありません。歌が人の感動を誘い、それが事件を浄化していくからです。逆に平凡な恋も歌によって語りにふさわしい価値を生み出していきます。

秘すべき個人情報であるはずの、皇子女の禁忌の恋が明るみに出るのは、歌による物語化を契機にしていました。巻二相聞部が禁断の恋を連ねるに至る過程には、玉梓の使いという陰の存在があったはずです。彼らの活躍なくして万葉の恋歌はありえなかったと思います。もとより万葉が掬いえたのは氷山の一角でしょう。いつの時代でもそうですが、優れた歌の背後にはおびただしい歌が埋没しています。しかし真に優れたものを見捨てなかったのも歴史の奥深さでしょう。

Ⅶ　天平の恋

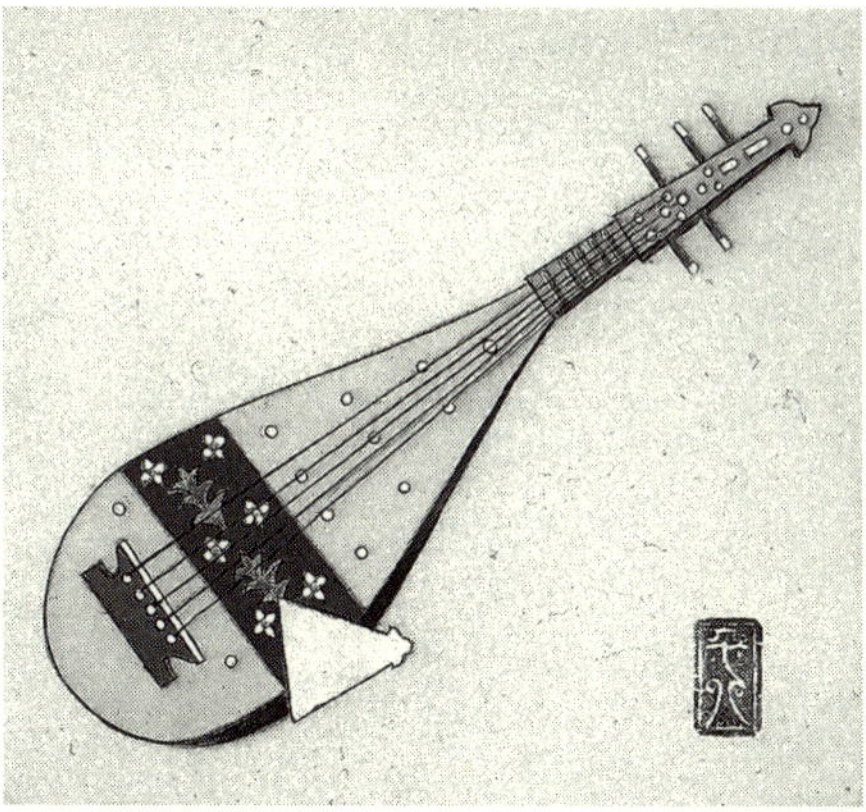

1　湯原王と娘子

たとえ禁忌に触れる恋であっても、恋の証である歌によって恋人たちが貶められることはなかったと思われます。歌には個々の事実を捨象する文学としての公共性があったからです。そうした歌の力によって、以下のような綾なす天平の恋も成立します。

表辺《うはへ》なきものかも人はしかばかり遠き家路を還《かへ》さく思《も》へば　（4・六三一）

目には見て手には取らえぬ月の内の楓《かつら》のごとき妹をいかにせむ　（4・六三二）

作者の湯原王は、天智天皇の孫で志貴皇子の子、優れた天平の歌人です。この歌は「娘子」に贈ったもので、遠路はるばる訪ねたにもかかわらず、逢わずに帰した相手を、愛想のない（表辺なき）人ですねと詰ったのが一首目、手に取ることのできない月の楓に相手をなぞらえたのが二首目です。対して「娘子」は次の歌を返しています。

ここだくに思ひけめかも敷栲《しきたへ》の枕片去る夢《いめ》に見えける　（4・六三三）

家にして見れども飽かぬを草枕旅にも妻とあるが羨《とも》しさ　（4・六三四）

夢の逢いは、思っても思われても実現します。万葉では相手が自分を思う場合の方が多く、「ここだくに思ひけめかも」は、あなたが深く私を思ったからかという意です。「枕片去る」は枕を片側に寄せて寝ること。恋人を招く呪《まじな》いです。湯原王をつれなく追い返しておきながら、歌は裏腹にいじらしい。上にも述べましたが、否定と肯定を綾織のように展開するのが女の媚《こび》というものです。二首目は、愛人関係になってからの恨み言です。私の家でお逢いしても満ち足りることがないのに、あなたは夫人を旅にまで連れ出して愛していらっしゃる、羨ましいことですと怨じています。

湯原王はさらに次の歌を贈ります。

草枕旅には妻を率《ゐ》たれども匣《くしげ》の内の珠《たま》をこそ思へ　（4・六三五）

わが衣形見に奉《まつ》る敷栲《しきたへ》の枕を離《さ》けず巻きてさ寝ませ　（4・六三六）

娘子の「家にして」に答えたのが一首目、娘子を櫛笥《くしげ》の中の珠に喩えています。形見に送った衣を枕から離さず身に着けて寝てほしいというのが「わが形見」の歌で、衣に添えて贈った歌でしょう。このような歌のやり取りがさらに両者合わせて六首続きます。

貴人であれば、本妻以外に通いどころのあるのはありふれています。二人の恋はさして危険の伴うものではなく、話題としても好奇のはらむ余地は乏しいでしょう。実際には正妻が絡んでの恋の三つ巴も少なくなかったはずですが、それが歌に影を投じているのは珍しいことです。上の『戸令』から見た恋の実態」の項で取り上げた、遊行女婦にかまけて家庭を乱した史生尾張少咋と違って、貴人たちは女たちの操り方にそつがなく、恋の引き際も鮮やかだったと思います。

終焉のない恋などありえないのですが、歌は恋のある段階を永遠化します。平安時代になると、発端から終末までの恋の諸相が、それぞれ初恋・逢不逢恋《あいてあわざるこい》などと主題化されて虚構の恋歌を作り出していきますが、万葉はまだそこまでは至っていず、大半の歌には事実の裏づけがあったと考えられます。湯原王と娘子との恋を物語化された虚構と捉えることも可能でしょうが、〈歌の公共性〉の側から理解すべきでしょう。そのような観点から注目されるのは、巻十五の後半に展開される中臣宅守《なかとみのやかもり》と狭野弟上娘子《さののおとがみのおとめ》（伝本によっては茅上娘子《ちがみのをとめ》）の贈答歌でしょう。

2　宅守と弟上娘子

二人の贈答歌について巻十五の目録は次のように記しています。

中臣宅守《なかとみのやかもり》の、蔵部《くらべ》の女嬬《にょじゅ》狭野弟上娘子を娶《ま》きし時に、勅して流罪に断じて越前に配しき。ここに夫婦の別れ易く会ひ難きを相嘆き、各々慟《いた》む情《こころ》を陳《の》べて贈答する歌六十三首

「娶《ま》きし時に」とありますから、弟上娘子とは正式な婚とも見られますが、ことさら名を挙げて「娶《ま》きし時に」と表記している点など、いかにも二人の関係が「勅して流罪」の原因であるかのごとき印象となっています。禁断の恋であった可能性は極めて高いと思われます。

天平一二年（七四〇）六月の大赦に、赦免にならなかった者の中に宅守の名があることから、

越前流罪はその直前ではないかと考えられます。「蔵部」は「後宮職員令」の「蔵司」、斎宮寮十二司のひとつ「蔵部司」のいずれとも考えられます。女孺は下級の女官です。中臣宅守は神祇《じんぎ》官《かん》ですから、伊勢神宮の祭祀に派遣された可能性もあり、その際、斎宮寮の女官と恋愛沙汰を起こしたとしたら、当然罪に問われることになります。

流罪の真相はあくまで不明としなければなりませんが、いずれにしろ弟上娘子とは生木を裂かれるような別れでした。巻十五は六三首に上る二人の贈答歌を収めています。歌群は一首一首を組み合わせたものではなく、娘子、宅守それぞれの歌を数首ずつまとめ、それを交互に連ねる形で展開しています。

君が行く道のながてを繰《く》り畳《たた》ね焼きほろぼさむ天《あめ》の火もがも　（15・三七二四）

天地の極《そこひ》のうらに吾《あ》が如く君に恋ふらむ人は実《さね》あらじ　（15・三七五〇）

春の日のうらがなしきにおくれ居て君に恋ひつつ現《うつ》しけめやも　（15・三七五二）

君が行く長い道を手繰り寄せ畳み束ねて焼き滅ぼす天の火がほしい、という一首目の斬新な発想による激情の奔騰《ほんとう》、天地の果てまでこれほど激しく恋する人はありますまい、という二首目の魂を絞るような情、春の日のうら悲しいときに、私だけが後に残って正気でいられようか、という三首目の落胆と自失の深さ、いずれも心打たれる作品ですが、特に「君が行く」の歌は、万葉を代表する秀歌のひとつです。対して宅守の歌は、同じ恋の激しさにありながら、おのれの宿世に対する省察の心がありました。

さす竹の大宮人は今もかも人なぶりのみ好みたるらむ　（15・三七五八）

世の中の常の道理《ことわり》かくさまになり来にけらしすゑし種子《たね》から　（15・三七六一）

わが屋戸《やど》の花橘はいたづらに散りか過ぐらむ見る人無しに　（15・三七七九）

人をからかい傷つけることを好むくちさがない都の人を歌う一首目は、「人なぶり」の最中《さなか》に置かれる弟上娘子を気遣った作。自分で播いた種からこのような事態を招いたことを、世間の道理として受け容れている二首目の諦観、その切なさは娘子の盲目的な情に劣らないでしょう。三首目は、長い歌群をしめくくる宅守七首の最初の歌です。この七首には「花鳥に寄せ思を陳べて作る」という左注が付されています。共に観るべき娘子のいない庭にたたずみ、限りない孤独の底に散っていく橘を捉えた一首です。

両者の贈答は少なくとも数年に及びます。流罪先の越前と都との間を贈り物や書簡がいくたびも往復しました。ふたりは、都の人びとの「人なぶり」にされる不名誉の数年を潜ったことになります。赦免された後までも、当人には触れてほしくない事件であったに違いありません。万葉集に収録されるまでの資料の流れはわかりません。当事者の手元にあった歌稿あるいは玉梓の使いの知った歌が、どのような経緯で明るみに出たのか一切は不明ですが、それらの歌を事実を越えた普遍的な価値として評価し、受容する文化が万葉集を支えているのです。

二人の贈答歌群は、天平の歌びとの愛好する歌書あるいは手引書として流布していたと思われます。宅守家集とでも称すべき体裁をとっていたかもしれません。というのは、一群の歌の中に「一に云はく、〇〇」という注記の施された歌が三首あるからである。例えば上に引用した「さす竹の大宮人は」の歌の「今もかも」について、「一に云はく、今さへや」の注記が付されています。巻十五編纂者の手元には、少なくとも基礎資料の他にもう一本の資料があったことを示しています。

3　笠女郎の恋暦

宅守と弟上娘子の恋歌は、恋の障害が当事者の心の内部にあるのではなく、社会的制裁という外部にありました。心はいかに深くても事としては単純であり、迷いのない心情の連続です。そういう意味では以下の項に触れる七夕歌に近いでしょう。それに対して、恋の発端から終焉までの流れに沿って揺れ動く、心の綾をつづった歌群があります。笠女郎《かさのいらつめ》が大伴家持に贈った恋歌ですが、おそらく間違いなく家持の手控えがそのまま万葉の資料になったと思われます。

若き日の家持と関わった女性は、名も知れない「童女」、複数と思われる「娘子」を除いて、家持からも歌を贈った女性、後の正妻となる坂上大嬢をはじめ、紀女郎・笠女郎・巫部麻蘇《かんなぎべのまそ》娘子《おとめ》・日置長枝娘子《へきのながえおとめ》・安部女郎の六人、家持に歌を贈りながら家持の答歌の見えない女性、大《おお》神女郎《みわのいらつめ》・山口女王《やまぐちのおおきみ》・中臣女郎・河内百枝娘子《かうちのももえおとめ》・粟田女郎・藤原郎女の六人です。かなり派手な女性関係に見えますが、名門の貴公子としてはまずは平均的なところでしょうか。あるいは在原業平のような色好みとして浮名を流したかもしれません。

笠女郎は、万葉に二九首の歌を遺していますが、すべて家持に贈った歌です。そのうち二四首が一括して相聞歌巻である巻四に収められています。

わが思《おもひ》を人に知れるや玉匣《たまくしげ》開き明けつと夢《いめ》にし見ゆる　（4・五九一）
わが屋戸《やど》の夕影草《ゆふかげくさ》の白露の消《け》ぬがにもとな思ほゆるかも　（4・五九四）
八百日《やほか》行く浜の沙《まさご》もわが恋にあに益《まさ》らじか沖つ島守　（4・五九六）
情《こころ》ゆも吾《わ》は思《も》はざりき山河も隔たらなくにかく恋ひむとは　（4・六〇一）
相思《あひおも》はぬ人を思ふは大寺の餓鬼《がき》の後《しりへ》に額《ぬか》づくがごと　（4・六〇八）

一首目の「玉匣」（櫛笥）のめでたさは、すでに藤原麻呂と坂上郎女の贈答歌で述べたところです。玉匣をあける夢は身をゆるすことを意味しています。相手に魂を与えるということなのでしょう。自分の恋を相手に知らせるはずもないのに、そのような夢をみたという歌を贈るのは、挑むような恋の告白となります。

二首目の「夕影草」は女郎の造語でしょうか。夕べの光の中に生えている楚々たる草のことと思われます。その草に置いているはかない露になぞらえて、消えてしまいそうなほど無性に恋しい、の意ですが、露を置く夕影草という恋の心象風景は、彼女らしい優しさに溢れています。家持との恋がかなり進行した段階の歌でしょう。三首目も同じ頃の歌と思われ、おのが恋の総量を何日歩いても尽きない浜の砂に比べ、それを沖の島守に問いかけるという、奇抜な発想です。四首目は、山川を隔てるような遠い距離ではないのに、このように恋い続けるとは思いもしなかったという嘆きを歌います。同じ都にいながら、遠いのは家持との心の距離です。家持は彼女が期待するほど振り向いてはくれなかったのでしょう。恋の蜜月が次第に色褪せていくころの歌と思われます。

女郎は遂に恋の終焉を思い知ることになります。思ってもくれない人を思うのは、寺の餓鬼の後ろに額ずくようなものだ、そのように彼女はおのれの無様さを戯画化します。恨みの歌ではありますが、決して捨て台詞ではなく、女郎には戯歌によって失意を乗り切ろうとする靭《つよ》さもありました。仏説では、業によって至るべき地獄・餓鬼・畜生の三悪道が説かれています。寺には餓鬼の像が安置されますが、効験を期待して拝する人はまずいないでしょう。万葉では仏教にかかわる歌はほとんどありません。奇抜な歌であり、彼女の歌才の豊かさを思わせます。

なかなかに黙《もだ》もあらましを何すとか相見そめけむ遂《と》げざらまくに　（4・六一二）

右は、女郎に答えた家持の二首の歌のひとつです。かえって黙っていればよかったものを、何をしようとて逢いはじめたのだろう。添い遂げることはできないだろうに、と家持は悔いているのですが、明確な決別の意を表してもいます。家持が女郎に贈った歌は当然二首だけではなかったはずです。家持の元にも手控えの歌がかなりの数に上ったはずです。しかし家持はそれらの歌を篋底《きょうてい》に埋没させてしまいました。受け取った女郎の手から離れることもなかったことになります。焼き捨てたのかもしれません。平安朝では終わった恋の証となる手紙類を焼き捨てたり、送り返したりしています。

VIII 恋の主題化

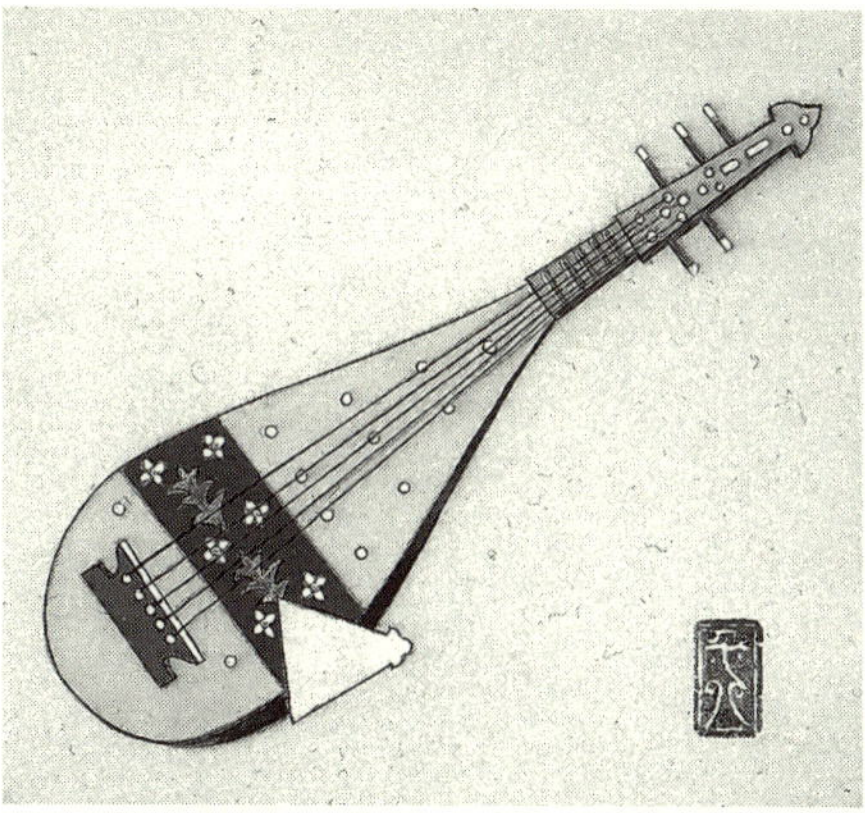

歌を核とした物語が成立する一方で、上に触れた大伴坂上郎女と安部朝臣虫麿の、戯れの歌を詠みあっての擬似恋愛に見られるように、事実とは関わらない恋歌を詠みあって楽しむという趣向も発生しました。額田王と大海人皇子の贈答もそれに近いでしょう。平安以降には恋を題にした歌合などが盛んに催されましたが、恋の主題化はすでに歌垣においても萌芽していたと思われます。恋の主題化は歌の文芸化のひとつの方法ですが、それを促したものとして万葉の七夕歌は重要です。織女と牽牛の恋を歌うものでありながら、七夕歌は相聞歌ではなく雑歌に分類されています。季節の行事に伴う歌であり、歌人自らの恋ではないからです。

1　七夕歌

万葉には一三〇余首の七夕歌があります。特定の主題に対する歌としては異例の数です。巻十の秋雑歌には九八首の七夕歌の一群があります。巻十の雑歌は、いわゆる詠物歌の類聚であり、「鳥を詠む」「雪を詠む」のように、「〇を詠む」という標目で分類されているのですが、七夕の歌群に対しては単に「七夕」とあるのみで、他の標目とは異なっています。それは七夕がモノではなく、同じく「〇を詠む」となっていない春雑歌の「野遊」「嘆旧」「懽逢」のように、コトであることを示しています。

七夕歌はコトに関わって歌われるもので、コトに寄せて歌うものではありません。「鳥に寄す」「花に寄す」などと分類される、同じく巻十の相聞の標目に「七夕に寄す」が見えないのは、七夕歌のそのような性格を示しているといえます。七夕歌のはらむ問題はすべて七夕伝説というコトの特異性とその享受の在り方や発想・表現の方法に関わっています。以下、七夕の行事とはどのようなものか、万葉歌人はそれにどのように関わり、何を拠り所として表現を獲得したのか、そして七夕を歌うことで何を目指したのか、という問題を考えてみます。

七夕は中国の伝説であったものが、わが国古来の機織姫を受け皿にして享受され、七月七日の行事となったものです。七夕の初見は持統五年（六九一）、この年の七月七日に公宴が催され、公卿に朝服を賜っていますが（日本書紀）、その内容は記録されていません。続いて元明天皇の和銅三年（七一〇）に、「左大臣舎人正八位下牟佐村主《むさのすぐり》相模・辰。文武百官因奏賀辞、賜禄各差。京裏百姓、戸給穀一斛、相模進位二階、賜一十疋、布廿端」（続日本紀）という記事があります。「相模・辰」は、国史大系本の続日本紀の頭注によれば、「辰」は「瓜」の誤りで、上に「献嘉」の二字が脱落したのだろうといいます。そうだとすれば、左大臣家の舎人の正八位下牟佐村主相模なる男が、瓜を献上し、文武百官因が賀辞を奏上。天皇は分に応じた禄を給い、京近くの百姓には一戸ごとに穀物一斛《こく》を給し、相模には特に位階を二階進め、絹十疋・布二十端を与えたとなります。

七夕の行事は平安以降は乞巧奠《きっこうでん》といって、星に織物や手習いの上達を祈願する祭となります。

琴・五色の糸・梶の葉などの供物を供えますが、瓜も供物のひとつであることは、平安後期の大江匡房《まさふさ》が宮廷の公事・儀式を記した江家次第《ごうけしだい》や公事・儀式の配置図を記した雲図抄などの記すところであり、中国の南北朝時代、湖北・湖南地方の年中行事を記録した荊楚歳時記《けいそさいじき》に「瓜菓」を供えたことが見えます。

後の乞巧奠の原形を元明朝（七〇七〜七一五）においてみることも可能ですが、万葉では瓜を詠んだ歌は七夕歌にはなく、わずかに子を慈しむ憶良《おくら》の歌（5・八〇二）一首にとどまります。元明朝の和銅三年から二四年経った聖武天皇の天平六年（七三四）には、相撲と七夕の詩の制作が行われています。

七夕歌にとって重要なのは、七日夕刻から催される詩賦の宴です。懐風藻の藤原不比等《ふひと》の七夕詩を初見だとすれば、可能性として天武朝の末の成立となります。巻十の人麻呂歌集の七夕歌二〇三三の左注に「この歌一首は庚辰の年に作れり」と記されています。庚辰の年は天武九年（六八〇）か天平一二年（七四〇）です。諸説ありますが、人麻呂歌集の歌であることや藤原不比等の七夕詩などを勘案すれば、天武九年とみて矛盾はなさそうです。漢詩から歌への展開はもっとも考えやすい流れです。

七夕を歌った中国の漢詩を代表するのは、文選《もんぜん》（中国南北朝時代、南朝梁の昭明太子によって編纂された詩文集）に収められている作者不明の「古詩十九首」の第十首です。

迢迢《ちょうちょう》たる牽牛星、皎皎《こうこう》たる河漢《かかん》の女。
繊繊《せんせん》として素手を擢《ぬき》んで、札札《さつさつ》として機杼《きしょ》を弄《ろう》す。
終日章を成さず、泣涕《きゅうてい》零《お》ちて雨の如し。
河漢清くして且つ浅し。相去る復《ま》た幾許《いくばく》ぞ。
盈盈《えいえい》として一水の間、脈脈として語るを得ず。

遥かなる彦星、白く輝く織女、細い手を抜き出してサッサッと杼を通わせて機織をしている。終日牽牛を思い涙がこぼれて布は織りあがらない。天の川は清くて浅い。それほど距離はないのに、一水に隔てられて会うことができない、の意ですが、罪を得て天の川に隔てられた牽牛と織女は年に一度しか会うことが許されない、という単純な筋立てです。懐風藻の七夕詩は省略しますが、伝来のこの天上のロマンはわが国の文芸に大きな影響を与えました。漢詩で歌われた七夕伝説はやがて和歌の世界に広がります。

2　七夕歌の座

万葉の七夕歌の背後に七夕の宴があったことは疑いありませんが、七夕の座がどのようなものだったのか、その実態は七夕歌からほとんど窺うことができません。

天の河相向き立ちてわが恋し君来ますなり紐解き設《ま》けな　（8・一五一八）

右の歌は、「山上憶良の七夕の歌十二首」と題する歌群の最初の歌です。天の川に向き合って立ち、ひたすら牽牛の来訪を待つ織女の立場で詠まれています。「来ますなり」の「なり」は伝聞ですから、舟を漕ぐ櫂の音で牽牛の訪れを知ったことになります。共寝をすべく紐を解いて待とうという織女の心を詠んだ歌です。後述するように物語の当事者になり代わるのは、七夕歌の詠み方のひとつです。ところで憶良はどのような場に坐っていたのでしょうか。

右の憶良の歌に「右のものは、養老八年七月七日、令に対ふるなり」という左注が付されています。すぐ次の歌にも「右のものは、神亀元年七月七日の夜、左大臣の宅のなり」（二〇一九左注）とあり、さらに「右のものは、天平元年七月七日の夜に、憶良、天の河を仰ぎ見るのなり」（二〇二〇～二左注）という注記が付されています。長屋王や首皇子（聖武天皇）などの貴人主催の七夕の行事が当時おこなわれていたことはわかりますが、行事の具体的な内容は判然としません。憶良歌の左注で確認できるのは、当夜天の川を仰ぎ見たことだけです。

遣新羅使人一行の歌の題詞にも「七夕に、天漢《あまのがは》を仰ぎ観て」（15・三六五六～八題詞）とあり、家持の歌にも「七月七日の夜、独り天漢をあおぎて」（17・三九〇〇題詞）と記されています。平安時代の屛風歌にも「七月ひこぼし見る所」「七月七日女ども空をみる」「七日ゆふべ男あまたゐて天河みたる」（貫之集）という詞書が付されたものがあります。屛風にはおそらく乞巧奠の一場面が描かれていたのでしょうが、天の川を仰ぎ見ることは、参会者の自然発生的な行

為ではなく、ある種の作法ではなかったでしょうか。「天漢」を見るのだから、「仰ぎ」見ることになるのは当然であるにもかかわらず、ことさら「仰ぎ」と記すにはそれだけの理由がなくてはならないと思われます。

3　幻視された伝承

七夕とは、星を見ることを軸に展開する行事であったようです。もしそうだとすれば、一座の視線の先に何があったのか。牽牛星は鷲座のアルタイル星、織女星は琴座のベガ星で天の川を隔てて向かい合っています。共に一等星でよく目立ち、誰でも容易に見つけることができます。しかし二星が一夜に近づいて出会うことは、天象としては決してありえないことです。はたして万葉人は伝説との乖離《かいり》をどのように受け止めていたのでしょうか。彼らは事実より観念を信頼したのではなかろうかと思います。逢うべきものとして二星を観想していたのかもしれません。彼らの目から隠されたところで、あるいは遠いいにしえの漢土ではありえたことと信じていたのではないでしょうか。

時代は下りますが藤原道長の日記、御堂関白記の長和四年（一〇一五）七月八日に興味深い出来事が記されています。

八日、乙卯、左衛門督云。夜部二星会合見侍りしと。其有様は二星漸漸行合間。三丈許。

小星各出先。到大星許。還後。二星早飛。会合後。雲来覆云々。件事昔人人見之云々。近代未聞事也。感懐不少。

（日本古典全集刊行会遍、日本古典全集『御堂関白記』による）

前日の天候は必ずしもよくなく、「七日。甲寅。庭中祭如常。子時許雨下。」という状況でした。「庭中祭」とは乞巧奠のことです。真夜中の零時ごろに雨が降るという天候でした。左衛《さえ》門督《もんのかみ》の見た天象は雲間からでしたが、少しずつ近づきつつある牽牛織女の二星に、二つの小さな星が会合を促すようにそれぞれ接近、それをきっかけに二星は速度を上げて会合を遂げたというのです。近代では聞かないことだ、昔の人々は星合を見たというが、少なからず感懐を覚えた、というのが道長のコメントです。ただこの天体の異常現象は、世に知られることはなかったらしく、藤原実資の当日の日記（小右記《しょうゆうき》）は、星合という異常現象には触れていません。事実だとすれば（そんなことはありえませんが）宮廷を上げての騒ぎになるはずです。左衛門督の報告は、天象としても星合はあるべきだという観念を前提とした幻視であったと思われます。万葉の時代においても、天象に変りはなく、観念を先立てての詠歌であったとしても、やはり事実との乖離は矛盾として残るはずです。

天の河瀬を早みかもぬばたまの夜は明けにつつ逢はぬ彦星

（10・二〇七六）

天象との違いに初めて言及したのは、土屋文明の万葉集私注だったのではないかと思います。天の川の流れが速いせいか、夜が明けようとしているのに、彦星は逢おうとしないという歌です。この歌について文明は「勿論牽牛も織女も、恒星であるから、実際は相合ふとか近づくとかするわけのものではない。伝説と事実との契合しないことを知った者の作であらうか」と述べています。

しかしこの歌はそのように読み解くべきではなく、夜が明け始めているのに、まだ逢うことのできないもどかしさを歌ったのではないかと思います。古今集の友則の歌「天河あさせしら浪たどりつつわたりはてねばあけぞしにける」（古今4・一七七）について、俊頼髄脳（源俊頼の歌学書）は、次のように述べています。

かやうのことは古き歌のひとつのすがたなり。こひかなしみてたちゐまちつる事はひとゝせなり。たまたま待ちつけてあへるはたゞ一夜なり。その程のすくなきあはぬ心ちこそすれとよむべけれど、歌のならひにてさもよみ、又あひたれどひとへにまだあはぬさまによめるなり

このような詠み方は古歌の姿であり、待つのは一年にわたり、逢うのは一夜に過ぎない。あまりに時間が少なく逢わないような心地がすると詠むべきだが、詠歌の習いとして、逢っているのに逢わない様に詠んだのだ、という趣旨です。

七日の夜二星が逢うのは神世からの定めであり、瀬が早いから逢えないのであれば、二星の会合は永遠にありえないことになります。しかし川はあくまで障害ですから、それを乗り越え

るのは容易ではなく、果たせないのではないかという危機的状況を想像することによって、二星の会合が劇的に盛り上がることになります。七夕歌の面白さはそこにあります。

天の河水底さへに照らす舟泊てし舟人妹に見えきや　（10・一九九六）

輝く牽牛星の乗る舟は水底まで照らしている。舟泊てした牽牛は、無事に織女星に会えただろうかと作者は気づかっています。もしかすると逢えないのではなかろうかという危惧を、意図的に表出することによって、星合のめでたさを効果的に演出したことになります。

4　立ち隠す雲・霧

天の川にはよく霧や雲が立ちのぼります。

ぬばたまの夜霧隠《がく》りて遠けども妹が伝《つたへ》は早く告げこそ　（10・二〇〇八）

白雲の五百重《いほへ》隠《がく》りて遠けども夜去《よるさ》らず見む妹が辺《あたり》は　（10・二〇二六）

天の河八十瀬《やそせ》霧《き》らへり彦星の時待つ船は今し漕ぐらし　（10・二〇五三）

天の河霧立ち上る織女《たなばた》の雲の衣の飄《かへ》る袖かも　（10・二〇六三）

これらの雲や霧は意図的に二星を隠したものと思われます。隠すことによって、ありえない二星の会合という幻想の翼を広げてみせたのかもしれません。霧は秋という季節の風物であり、地上の川からの連想は容易でした。三首目は、霧を彦星の漕ぐ櫂の飛沫に見立てて、二星会合の証しを得ようとした歌です。四首目は、河霧を翻る織女の袖に見立てていますが、「雲の袖」は漢詩の翻案だろうと思われます。懐風藻の藤原史（不比等）の七夕詩に「雲衣両《ふた》たび観《み》る夕」の句があります。

星合の伝説は中国においても天象からかけ離れたものでした。芸文類聚（唐代初期の類書）歳時部七月七日の項に引用されている崔寔《さいしょく》の撰した四民月令《しみんがつりょう》によれば、星合の舞台である天の川は、「或は云ふ、天漢中に奕々たる正白気有るを見る、地河の波の如く、輝々として光曜に五色有り」と記されています。単に天の川の印象を誇張したものではなく、天象自体も幻に覆われていました。古代中国の文人が自在に幻想の世界を描いたように、万葉びとも地上の風景を通してこの伝説を受け容れていったようです。天の川が実際に雲や霧に隔てられて見えない夜もあったでしょうが、それを天の川に発生としたと見るのは万葉びとの想像の所産です。

いったい彼らにとって天の川はどんな川だったのでしょうか。一首目と二首目の「夜霧隠りて遠けども」「五百重隠りて遠けども」によれば、よほどの大河だったようです。三首目では天の川には「八十瀬」があり、この川のイメージも広大です。しかし他方、憶良の七夕歌では「礫《たぶて》にも投げ越しつべき天の河」（8・一五二二）、「袖振らば見もかはしつべく近けども」（8・一五二六）と歌われています。石を投げても届きそうなほど狭く、袖を振れば互に見交すことができるほど近い川というのです。地上の川が大小さまざまであるように、幻視の川も多様です。中国では黄河や長江のような大河を観想したらしく、それに倣って藤原房前は「鳳駕は雲路を飛ぶ」(懐風藻)と描いています。織女が天の川を渡る姿です。ただ、上に引用した「古詩十九首」の天の川はさほど大きくはないようです。

5　七夕歌の発想

七夕歌は、彦星が年に一度渡河して織女星に逢いに行くという、ただそれだけの単純な筋立てに関わっています。川の形状に変化を与えるのは、単純さを避ける方法のひとつでもありました。それにしても、二星の会合は牽牛・織女の最後の姿に過ぎなく、そのような宿世にいたる物語の展開については、七夕歌は無関心でした。七夕歌を伝説歌と見た場合、あまりにも偏った歌い方です。なぜ七夕歌は二星会合の時間帯にのみ関わっているのでしょうか。

それは七夕歌が七月七日の夜の行事にほとんど限定して歌われるからではないでしょうか。つまり歌人たちの眼前に時々刻々と営まれる(と観想する)二星会合の現在を歌うからにほかなりません。臨場感こそ七夕歌の命なのです。二星の経過した過去の時間は省みる余裕がないほど、歌人たちは会合の〈今〉に没入しました。

わがためと織女《たなばたつめ》のその屋戸《やど》に織る白栲《しろたへ》は織りてけむかも　(10・二〇二七)

君に逢はず久しき時ゆ織る服《はた》の白栲衣垢づくまでに　(10・二〇二八)

右は人麻呂歌集の歌ですから、七夕歌としては早い時期の成立です。自分のために織女が家で織っている衣は織り上げただろうか、という牽牛の歌に対して、織女は、あなたに逢えないで永い間織っていた衣は手垢でよごれるほどになりましたよ、と答えています。そのような贈答をなしているような配列です。編集者が多くの歌の中から贈答歌となるように組み合わせたのかもしれませんが、おそらく七夕の座において、織女や牽牛になりきって、歌を交わしあったのでしょう。管見の限りですが、七夕歌には相手の不実や心変わりを恨む歌は一首もありません。現実の恋との違いは〈恨恋〉がないことです。ひたすら相手を恋い慕うという前提条件は、伝説に基づく七夕歌の約束事でした。

七夕歌は、二星の会合を外部から詠む第三者詠と、右の例のように牽牛・織女になり代って歌う当事者詠によって構成されます。前者は二星に対して〈人目・人言〉の立場に立つことです。現実の恋では〈人目・人言〉は恋人たちにとっては最大の障害なのですが、七夕の座にある歌人は、二星の無事なる会合をひたすら祈りました。歌人たち自身の恋が重ねられているからに違いありません。後の乞巧奠では機織や習い事の上達を祈願しましたが、願いには恋の成就もこめられていたと思います。

七夕歌のもたらした和歌史的な意義のひとつは恋の主題化です。七夕という題に基づく題詠歌です。題詠は歌人をそれぞれの現実を超えた世界にいざなう最も有効な方法でした。それによって和歌は飛躍的に表現領域を広げていくことになります。

6　女人渡河の禁忌

七夕歌では川を渡るのは彦星です。漢詩では渡河は織女の方で、上に引用した藤原房前「鳳駕は雲路を飛ぶ」（懐風藻）は織女の渡河の描写でした。漢詩では中国の伝説に従って歌われます。なぜこのような違いが生じるのでしょうか。それは歌が、わが国固有の民俗によって変容した七夕伝説に拠っているからです。万葉では川を渡るのは常に彦星です。しかし中には織女の渡河を思わせるものがあります。

彦星の嬬《つま》迎へ舟漕ぎ出《づ》らし天の川原に霧の立てるは　（8・一五二七）

織女《たなばた》し船乗りすらし真澄《まそ》鏡《かがみ》清き月夜《つくよ》に雲立ち渡る　（17・三九〇〇）

一首目の「妻迎へ舟」は、彦星が織女をこちらの岸に迎える舟と見られ、女の渡河を歌った数少ない例とされています。つまり妻送り舟に対する「妻迎へ舟」の意となります。この歌は憶良の作ですが、他の七夕歌で織女を待つ女として歌った憶良が、女の渡河を予想させる歌を詠むのは奇妙です。おそらくこの歌は、織女の渡河を歌ったのではなく、彦星が対岸に着いてそこで妻を迎えるということなので、それを「妻迎へ舟」といったのではないかと思われます。彦星が一夜に天の川を二往復したとは思えません。二首目は家持の作。初句の原文は「多奈波多之」ですから、明らかに「織女」です（巻十ではタナバタの原文は「織女」）。家持はこの歌であえて漢文学に倣ってみたのです。したがって七夕歌における明確なる女人渡河はこの一首だけとなります。

折口信夫によれば、[30] 七夕伝説受容の受け皿として、川岸に張り出した棚（湯河板挙《ゆかわだな》）で、神聖なる機を織りつつ、時を定めて来臨する客人《まれびと》神を待つ女を想定しました。斎宮がアマテラスを奉じて伊勢神宮に至る過程を記した倭姫世紀などにみえる棚機姫は、神衣を織る聖女であり、やがて神として祭祀の対象になりました。

延喜式（九六七年に施行された律令の施行細則）の「神名帳」に、「多奈波太神社」（尾張国山田郡）の名が見えます。現在も名古屋市北区七夕町に鎮座するこの社の祭神は棚機姫であり、織物を司る神として信仰されてきました。氏子総代の今井太郎氏によれば、以下のような伝説が伝えられています。すなわち庄内川を挟んで神社側は移住してきた天孫族、対岸には在地豪族の物部氏が蟠踞していた。あるとき、天孫族の娘と物部族の若者が恋に陥ったが、当然結婚は許されない。ふたりは七夕の夜にひそかに逢う約束をする。ところが当夜折悪しく上流に豪雨があって、川はにわかに増水する。それを押して渡ろうとした若者は流木に当って死に、娘は後を追って入水する。二人を憐れんだ両岸の人びとは、二人のために神社を立てて魂を慰めることになった、という伝承です。

娘を祭ったのが多奈波太神社で、若者を祭ったのが対岸の星合社であるといいます（一九九一年取材）。さながらロメオとジュリエットの日本版です。この縁起は口伝であり、時代的にどこまで遡るか不明ですが、渡来の七夕伝説が地域社会に根を下ろす様をよく示しています。祭神の棚機姫が伝説の織女と結びつき、庄内川が天の川に見立てられて出来上がった口伝です。

その口伝でも川を渡るのは男の方です。朝川を渡った但馬皇女の振舞いが異常であったことはすでに述べたところです。

飛騨人の真木流すとふ丹生《にふ》の川言《こと》は通へど船そ通はぬ　（7・一一七三）
この川ゆ船は行くべくありといへど渡り瀬ごとに守る人あり　（7・一三〇七）
ちはや人宇治の渡りの瀬を速み逢はずこそあれ後はわが妻　（11・二四二八）
愛しきやし逢はぬ君ゆゑ徒《いたづら》に此の川の瀬に玉裳濡らしつ　（11・二七〇五）
ま愛《かな》しみさ寝に吾《あ》は行く鎌倉の美奈《みな》の瀬川《せがは》に潮満つなむか　（14・三三六六）

右はいずれも恋路の障りとなる川を詠んでいます。「飛騨人の」の歌は、音信はあるが川を渡す船のない嘆きを歌います。女の歌と思われます。二首目の「守る人」は人目を言ったものでしょう。男の歌です。三首目は宇治川の渡り瀬が急流で渡り難いことを妻に逢えない喩えにしています。四首目の歌は、男に逢うために渡ろうとしても、川の瀬で裳の裾を濡らすばかりで渡れなかったことを歌います。但馬の皇女のような、渡河に挑んだ女もいたことを示しています。河口あたりに潮が満ちて渡ることのできないことを歌う五首目の東歌は男の歌です。

世間《よのなか》の女《をみな》にしあらばわが渡る痛背《あなせ》の河を渡りかねめや　（紀女郎《きのいらつめ》　4・六四三）

右の歌の題詞に付された細注には紀女郎は「鹿《か》人《ひと》大夫《のまへつきみ》の女、名を小鹿といふ、安貴王の妻そ」とあります。紀朝臣鹿人の娘で、安貴王は志貴皇子の孫です。鹿人の極官は外《げ》従五位上、大炊頭《おおいのかみ》ですから、貴族としては高い身分とはいえません。それでも世間の普通の女であったならばこの痛背の河を渡るかもしれないと歌っています。身分の故に渡れないという言い方は、但馬皇女の「己が世に未だ渡らぬ」に近いでしょう。しかし普通の女でも川は容易には渡れなかったと思います。それは身分の問題以前に、女人渡河の禁忌があったからです。

川の多くは山や峠と同じく共同体の境界となります。境界は共同体にとっては結界です。共同体が違えば神も信仰も違ってきます。神は共同体の外部から訪れますが、それを待つ女は結界を越えることができないのです。旅に出る男でも結界を越えることは、他の神の領域に入ることですから、結界の神である道祖神などの塞の神に祈願し、行く先々の神に御幣を奉らなければなりません。

川岸で神衣を織りつつ神の来訪を待つ棚機姫は、川を渡ることはありませんでした。川を渡って訪れるのは客人《まれびと》神の方です。巻二の巻末近くに、人麻呂が石見の国で「臨死《みまか》らむと」した時の歌があります。

鴨山の岩根し枕《ま》けるわれをかも知らにと妹が待ちつつあらむ　（2・二二三）

それに対して妻の依羅娘子《よさみのおとめ》が二首の歌を詠みますが、その一首は、

直《ただ》の逢ひは逢ひかつましじ石川に雲立ち渡れ見つつ偲《しの》はむ　（2・二二五）

です。鴨山の岩を枕にして死のうとしている自分を知らないで、妻は待ち続けているのであろう、という人麻呂の歌に対して、どうして妻は、直接逢うことはとてもできない、せめて石川に雲が立ち渡ってほしい、そうすれば雲を見てあなたを偲ぼう、などと歌うのでしょうか。鴨山の手前に石川が横たわっていて、依羅娘子はそれを渡ることができないのではないでしょうか。依羅娘子のもう一首は、君は石川の貝に交じっているというではないか、という不思議な歌です。その点をめぐっては、人麻呂が火葬されて川に散骨されたとか、「貝」は「峡」のカヒではないかなどといわれています。鴨山・石川は所在不明。齋藤茂吉の鴨山探しはよく知られていますが、[31] 人麻呂の辞世歌群には謎が多く、依然として謎に満ちています。[32] それらの問題はともかく依羅娘子の歌には、女人渡河の禁忌が底にあるように思われます。

播磨国風土記の賀古郡に、景行天皇が印南の別嬢《わきいらつめ》を妻問いしたという伝承があります。初め姫は天皇を拒みナビツマの島に逃れますが、天皇は客人神《まれびとがみ》、姫は在地の神に仕える巫女でしょう。天皇は贄田《にえだ》に宮を建てて姫と「婚《みあひ》」をなしますが、やがて姫はこの宮で死にました。人びとがその屍を担いで印南川を渡ろうとした時、旋風が起こって水中に屍を失ってしまった。

探しても見つからず、替わりに櫛笥《くしげ》と褶《ひれ》のみを見つけて日の岡に墓を作って葬ったという話です。姫は死んでなお渡河の許されぬ女だったことになります。

同じく客人神に求愛された玉日女《たまひめ》は、言い寄る鰐神に対して、川を「石以ちて塞《さ》」えて拒んでいますが（出雲国風土記の仁多郡の恋の山）、貴人や神の求愛はひとたびは拒まれるという古代説話のモチーフを取り払ってみれば、水神である鰐神を水辺で迎える聖女の物語となります。水辺で神を迎える女は決して川を渡ることはなかった。女にとってのそのような川の禁忌が、依羅娘子を石川のほとりで立ち止まらせたことになり、一方人麻呂の霊魂は鴨山を降りて石川に雲として立ち上ることになったのではないでしょうか。

女が川を渡るとはどういうことなのか。それを象徴しているのが、時代は下りますが、観阿弥の謡曲から始まり浄瑠璃や歌舞伎で演じられた、紀伊国道成寺の伝説でしょう。恋に狂った清姫が安珍を追って日高川を渡り、安珍のかくまわれている梵鐘に巻きついて焼き殺してしまったという話になっています。姫は大蛇に変身していたのです。蛇は水の神ですから、川を押し渡る姫は蛇になるしかなかったということなのでしょうか。古代では、三輪の大物主のように、蛇は神が聖女を妻問う姿の典型として語られていますので、中世の清姫の場合は、男女の関係が転倒しています。女人渡河という異常性がもたらした怪異でしょう。

伝来した七夕伝説で、彦星の方が天の川を渡るに至ったのは、女人渡河の禁忌に沿って伝説が変容したものと考えられます。

IX　ミヤビと神仙思想

1 松浦川のヲトメ

情念の奔騰である恋の根底には、神を装って聖なる女を犯すという禁忌性が付きまとっています。歌を詠むとは、日常性を脱して聖なるヲトコ・ヲンナを演ずることですが、宴では恋は仮構であり、かりそめの遊びですから、歌垣と同じく恋が神によって承認されていると考えてもよいことになります。しかし禁忌性が解消されるのではなく、禁忌性を抜き去れば恋は緊張感を失って、弛緩した情緒に脱するほかはありません。恋が禁忌性をはらんでいるからこそアソビは活性化する。つまり禁忌の犯しをテーマとするアソビが恋の主題化なのです。

そのアソビが神仙思想と結びついて、かってない文芸を創造したのが大伴《おおとも》旅人《たびと》の「松浦川に遊ぶ」歌です。不老長寿と快楽は人間究極の願望であり、それを二つながら獲得して仙境に暮らすのが神仙です。仙境が現実からの地続きにあると観想される文学は、中国六朝の漢文学に少なくありません。旅人の作品は、仙境のヲトメに出会うという設定で、漢文の序とヲトメとの贈答歌八首、それに旅人自身の追和の歌を付するという構成となっています。

「余以《われ》、暫《たまたま》松浦の県《あがた》に往きて逍遥《しょうよう》し、聊《いささ》かに玉島の潭《ふち》に臨みて遊覧」したとき、「忽《たちま》ちに魚を釣る女子《をとめ》ら」に出会った。そのヲトメは「花のごとき容《かほ》双《ならび》無く、光れる儀《すがた》匹《たぐひ》無し。柳の葉を眉の中に開き、桃の花を頬の上に発《ひら》く」ほどの美しさであり、「意気雲を凌ぎ、風流世に絶《すぐ》れ」ていた。序はこのように始まり、ヲトメたちとの会話のやり取りを経て歌の贈答となります。

漁《あさり》する海人《あま》の児《こ》どもと人はいへど見るに知らへぬ良人《うまびと》の子と　（5・八五三）

答ふる詩に曰く

玉島のこの川上に家はあれど君を恥《やさ》しみ顕《あらは》さずありき　（5・八五四）

蓬客《ほうかく》（旅の人）の男とヲトメの歌はこのように滑り出します。釣りをしている漁師の子とあなたはいうけれど、ひと目で貴人の子であることを知りましたよ、という蓬客の歌に対して、玉島川の上流に家はありますが、あなたに対して恥ずかしく思い、お明かししませんでした、とヲトメは答える。序では、蓬客の「誰が郷《さと》誰が児そ」という問いかけに、ヲトメは「漁夫の舎児《こ》、草庵の微《いや》しき者《ひと》にして、郷も無く家も無し。何そ称《な》を云ふに足らむ」と答えています。貧しい漁師の娘だから名乗るほどのものではないというわけです。

そういう彼女たちを、ひと目で「貴人」と見抜くのは、後に述べるように、「風流士《みやびを》」たるものの資質です。

右の歌をきっかけに、蓬客とヲトメはそれぞれ三首の歌を詠み交わしています。一首ずつ引用してみます。

松浦川川の瀬光り鮎釣ると立たせる妹が裳《も》の裾《すそ》濡《ぬ》れぬ　（蓬客　5・八五五）

若鮎《わかゆ》釣る松浦《まつら》の川の川波の並《なみ》にし思《も》はばわれ恋ひめやも
（ヲトメ　5・八五八）

蓬客の「妹が裳の裾濡れぬ」は、女性の魅力が最も溢れる瞬間です。夙《つと》に人麻呂は持統天皇の伊勢行幸の際、京に止まって海辺で戯れる女官を思いやって、

嗚呼見《あみ》の浦に船乗りすらむをとめらが珠裳の裾に潮満つらむか
（1・四〇）

と詠んでいます。また旅人と同時代の山部赤人にも、聖武天皇の難波宮行幸の折の、

大夫《ますらを》は御狩に立たし少女《をとめ》らは赤裳裾引く清き浜廻《はまび》を
（6・一〇〇一）

という歌があります。裳の裾が濡れる風情にはエロスが薫っています。行幸時の華やかなる享楽の風景です。

旅人の「松浦川に遊ぶ」作品は、松浦川を仙境にヲトメを仙女になぞらえての創作です。松浦川は神功皇后《じんぐうこうごう》伝説ゆかりの地で、古事記の神功皇后伝説によれば、皇后は裳の糸を抜いて、「飯粒《いひぼ》」を餌に鮎を釣ったとあります。以来四月上旬に在地の女たちが裳の糸に飯粒をつけて鮎を釣ること今に至るといいます。そうした伝承をもとに、旅人は神仙境を思い描いたのです。唐代の遊仙窟や中国六朝の文選の「洛神賦」等の影響といわれていますが、特に奈良時代に伝来した遊仙窟の影響が強いと思われます。

同書はわが国では知識人の間にもてはやされましたが、中国では顧みられることなく散逸して、わが国だけに伝わった小説です。作者の張文成が勅命を奉じて、黄河の河源に旅する途中、

道に迷って神仙の窟に入り、崔十娘《さいじゅうじょう》やその嫂《あによめ》の五嫂《ごそう》という二人の仙女の歓待を受け、愛を語らったという筋立てです。仙女と張文成は詩の応酬をしますが、エロスに彩られてかなり際どい話となっています。

ヲトメを讃美した蓬客に対して、ヲトメは、川の波のようにあなたを人並み（波から並へ転ずる）の人だと思ったら、わたしは恋しく思うでしょうか、と蓬客の求愛に応じています。旅人《たびと》らしく、その後に展開する仙女との契りは省筆して品よく収めていますが、蓬客はまさに張文成そのものです。仙女と契るには仙境の人とならなければなりません。まさに夢に遊ぶ作品です。旅人は追和の歌三首を添えて一遍の作品を締めくくっていますが、左記の歌はその一首です。

人皆の見らむ松浦《まつら》の玉島を見ずてやわれは恋ひつつ居《を》らむ　（5・八六二）

「見ずてや」とありますから、旅人は松浦川に臨んだのではありません。畢竟《ひっきょう》は憧れでしかなかったのですが、旅人はこの作品を赴任地の大宰府から都の吉田宜《よしだのよろし》に送り、「松浦の玉潭《ぎょくたん》に、仙媛贈答せるは、杏壇《きゃうだん》各言の作に類《たぐ》ひ、衡皐税駕《かうかぜいが》の篇に疑《なぞ》ふ」という絶賛を受けています。杏壇各言とは、孔子が講堂の上座に坐し、弟子たちが自分の志を言うという故事、衡皐税駕は香草の沢に乗り物を下すの意で文選の「洛神賦」を指します。このような創作が知識人にもてはやされたのです。

「松浦川に遊ぶ」作品については、吉野川の仙媛との関連も指摘されています。柘枝《つみのえ》伝説では、吉野川を柘の枝が流れてきて簗《やな》にかかったのを、味稲《うましね》という男が取り上げると女となって、味稲と同棲したが、やがて後に天に昇ったという話になっていたようです。全貌は伝わりませんが、万葉では巻三に「仙柘枝《やまひとつみのえ》の歌」(三八五〜三八七)が見えます。仙媛と出会うには、仙境の人にならなければなりません。吉野川や松浦川の仙媛も、見出されることによって美しさが顕現します。

2　ヲトメと風流才士

次の例は、仙媛を見出すことが「風流才士」にのみ備わる資質であることを示しています。

　春二月(天平九年　七三七)諸大夫等《まへつきみたち》の、左大弁巨勢宿奈麿朝臣《こせのすくなまろのあそん》の家に集ひて宴する
　歌一首

海原の遠き渡《わたり》を遊士《みやびを》の遊ぶを見むとなづさひそ来《こ》し　(6・一〇一六)

右の一首は、白紙に書きて屋の壁に懸着《か》けたり。題して曰はく、蓬萊《ほうらい》の仙媛《やまひめ》の化《な》れる囊蘰《ふくろかづら》は、風流秀才の士の為なり。こは凡客の望み見る所にあらむかといへり。

左注は、邸の宴で、囊蘰に添えて、仙媛の作として一首の歌を書いた紙を壁にかけて客をもてなしたことを語っています。主人巨勢宿奈麿の思いがけない趣向が賓客を喜ばしたのです。

仙媛が嚢縵に化して客の前にある。凡人にはその正体を見抜くことができない。仙姫が惹かれるのは「遊士」であり、その日の宴に参集する人びとを「風流秀才の士」と認めているわけで、それが客に対する礼儀となっていることはいうまでもありません。

仙媛との出会いは、風流才子にとっては理想的な恋の世界です。次の歌も基本は同じでしょう。

梅の花夢《いめ》に語らく風流《みや》びたる花と我思ふ酒に浮べこそ　（5・八五二）

右は、大宰府で営まれた旅人《たびと》主催の梅花の宴の歌に追和した歌です。中国渡来の梅は進んだ大陸文化の香りを放っていました。花は仙媛のイメージを負って擬人化されています。まさに「風流」の花なのです。それを酒に浮かべる宴席の官人は「風流秀才の士」でなければなりません。恋の関係は一応捨象されていますが、物象と人とは恋の関係で結ばれていると思われます。仙媛になぞらえられる花は梅に限りません。次の桜も同様です。

桜の花の歌一首

嬢子らの　挿頭《かざし》のために　遊士《みやびを》の　蘰《かづら》のためと　敷き坐せる　国のはたてに　咲きにける　桜の花の　にほひもあなに　（8・一四二九）

反歌

去年《こぞ》の春逢へりし君に恋ひにてし桜の花は迎へけらしも　（8・一四三〇）

右の二首は、若宮《わかみやの》年《あ》魚《ゆ》麿《まろ》誦《うた》ふ。

ヲトメやミヤビヲの挿頭のためにと、天皇が領有しておられる国の果てに、咲いている桜の彩りはなんと美しいことよと、桜を称えているのが長歌で、去年の春お逢いしたあなたを、桜の花は今年も迎えたらしいですねと、桜を擬人化したのが反歌です。左注の若宮年魚麿はこの歌を伝誦《でんしょう》した人です。

桜は春の到来を告げる神の指標であり、それを人の側から讃美することが秋の豊饒に結びつく、人と物象の関係をそのように捉えるのが普通ですが、右の作品は、その関係が逆転して花の方が人に奉仕しています。神の指標たる花が鍾愛の対象に転じた時代の到来を証する歌であると同時に、ヲトメ・ミヤビヲが凡人の域を超えた聖なる存在であることを語ってもいます。反歌は桜を仙媛に見立て、恋の情調を奏でています。

ミヤビヲは風流士・遊士と表記されます。ミヤビは都風の洗練された優雅さのことで、ミヤコブと動詞にも用います。それを身に着けた男がミヤビヲです。他方マスラヲは、麻須良乎などの字音のほか、丈夫・大夫・武士・健男と表記され、情に流されない強さ・勇気・知性などを持った男のことです。理想的な律令官人像はマスラヲですが、奈良時代、特に天平文化の担い手である官人には、官僚としての識見の高さに加えて、芸能・音楽・文学などに対する造詣の深さが求められました。つまりはマスラヲであるとともにミヤビヲたることこそ庶幾《しょき》される人間像でした。

旅人は藤原房前《ふささき》に琴を贈っています。旅人も弾琴を嗜《たしな》むミヤビヲでしたが、贈られた房前も第一級の教養人でした。旅人は新作の琴の由来を記す書簡の中で、夢の中で琴が化したヲトメとの贈答歌を記しています。

如何《いか》にあらむ日の時にかも声知らむ人の膝の上《へ》わが枕かむ　（5・八一〇）

言問《ことと》はぬ樹にはありともうるはしき君が手馴《たな》れの琴にしあるべし　（5・八一一）

どんな日のどんな時に、琴の音を解する人の膝を枕にするのでしょうか、というヲトメの歌に、物言わぬ木であっても、立派な人の手馴れの琴になるでしょう、と贈り主の旅人が答えています。琴の音には神を招く呪力があります。そこに神仙思想が絡むと琴は仙媛に変身して弾琴のミヤビヲとの至福の恋が成り立ちます。「人の膝の上わが枕かむ」には交情のエロスが薫っています。

演出される恋の極致は仙媛との交情です。主題化される恋歌のひとつの到達点がここに認められるでしょう。

天平の閨秀歌人であり、大伴本家の内部を支えた坂上郎女《さかのうえのいらつめ》にも、仙媛の俤《おもかげ》があります。次の作品は郎女が佐保の宅から聖武天皇に奉った歌です。

あしひきの山にしをれば風流《みやび》なみわがする事《わざ》をとがめたまふな　（4・七二一）

佐保の地は平城京の膝元ですが、そこを鄙《ひな》の地のように歌っています。佐保山はなだらかな丘陵地で、郎女は坂の上に住んでいたことから坂上郎女と呼ばれました。郎女が佐保の地で採れた物を献上するときに添えた歌でしょう。「わがする事」は鄙の振舞いですから、ミヤビに欠け、非礼に当るという言い回しから、逆にミヤビの自負が感じ取れます。彼女は姿を変えて「遊士」を訪れる仙媛を気取っているのではないでしょうか。贈り物の琴をヲトメに変えてみせた旅人の機転を思えば、献上品に仙媛を暗示させる気の利かせ方は、才媛である郎女にはたやすいことだったと思います。当然天皇との間に恋を演出しています。「とがめたまふな」は、以下に取り上げる遊行女婦児島の歌の「無礼《なめし》と思ふな」に近い言いまわしです。

3　遊行女婦と前采女

仙媛との恋は高度な文芸の遊びであり、もとより実現不可能な夢にすぎません。その夢の世界から仙媛のイメージを帯びて地上に降り立ったのが、ウカレメと称される遊行女婦《ゆぎょうじょふ》だったと考えられます。中国の六朝後期から唐代にかけての風流の要素は、琴・詩・酒・妓であり、妓女との交情が仙女とのそれに見立てられていたといわれます。万葉時代の管弦・和歌・宴・仙媛に当てはまります。芸と恋を本性とする遊行女婦こそ仙姫の化身にほかなりません。仙媛に見立てられたのは、彼女たちばかりではなく、歌に堪能な采女《うねめ》や華やかな宮廷女官たちも含まれるでしょうが、遊行女婦は職業的に歌の技や芸能を身につけた女で、地方においてその都ぶりで官人たちに対応したところに特色があります。

万葉に登場する遊行女婦は、大宰帥《だざいのそち》大伴旅人の上京に当って歌を奉った筑紫の娘子の児嶋《こじま》（3・三八一、6・九六五～六）以下、橘を詠んだ無名の遊行女婦（8・一四九二）、家持の遊覧や宴に侍った遊行女婦土師《はにし》（18・四〇四七・四〇六七）、同じく家持の宴の席で古歌を伝誦した蒲《かま》生娘子《ふのおとめ》（19・四二三二・四二三六～七）、そして家持の「尾張少咋《おくひ》を教へ諭す歌」（18・四一〇六～四一一〇）に登場する左夫流児《さぶるこ》などです。

凡《おほ》ならばかもかも為《せ》むを恐《かしこ》みと振り痛《いた》き袖を忍びてあるかも　（6・九六五）

倭道は雲隠《ち》《がく》りたり然《しか》れどもわが振る袖を無礼《なめし》しと思ふな　（6・九六六）

右は遊行女婦児島の歌です。一首目は、あなたが普通の人でしたら、ああもこうもするでしょうが、恐れ多くて振りたい袖を、振らずに控えております。と、慎ましく歌っています。二首目も、倭への道は雲に隠れているので、私の振舞いは見えないでしょうが、こらえきれずに振る袖を無礼だと思わないでくださいと、児島の歌いぶりはあくまで控えめでつつましいものです。左注には、旅人が大納言に兼任して大宰府を出発、馬を水城《みずき》に留めて、府吏たちの見送りを受けたところ、その中に児島がいたと記されています。彼女は官吏たちの手前、あからさまな悲しみの発露を憚ったのでしょう。

遊行女婦はウカレメと訓まれます。ウカレメといえば、江口の遊女が想起されます。平安京の入り口に当る淀川の江口は、都から地方に向かう旅人が名残を惜しみ、都を目指す人が旅の垢を落として、いち早く都の手振りに触れる場所として栄えました。貴人たちも例外なく、遊女との一夕を楽しむ習いでした。遊女の起源は神の女――巫女というのが通説です。神に仕える巫女が、神の没落などの事情によって流浪を余儀なくされ、祈禱・占い・芸能などをなりわいとしつつ、男たちの枕辺にも奉仕しました。神女である故に特定の男の所有とならず、神の訪れを待つ巫女として一夜妻を勤めたのが遊女なのです。

遊行女婦の実態は明確ではありませんが、遊女の概念には納まらないものが感じられます。遊行女婦が、地方の国衙《こくが》で都の女官に準ずる役割を負っていたという説も行われています[33]。不思議にも律令規定には、宮廷の後宮職員令に対応するような、地方官庁の女官に関する記述がありません。国司は領国支配に関わる実務にのみ従事したのではなく、宮廷行事に準じて神事や儀礼を催しています。国守主催の公的な宴も行われます。女官の存在なくしては、国衙の運営はありえなかったはずです。遊行女婦が地方の女官であった蓋然性《がいぜんせい》は否定できないものがあります。遊行女婦児島が大宰府の官人に交じって旅人を見送ったのは、それを暗示しているような光景です。遊行女婦が女官に準ずる女であったとすれば、家持の下僚である尾張少咋が左夫流児に溺れた事件は理解しやすいでしょう。

地方の女官という観点から見れば、前采女《さきのうねめ》もまた遊行女婦に近い存在でしょう。

　安積香《あさか》山影さへ見ゆる山の井の浅き心をわが思はなくに　（16・三八〇七）

陸奥国に派遣された葛城王《かつらきのおおきみ》（後の橘諸兄《たちばなのもろえ》と見られる）が、国司の祇承《ぎしょう》（もてなし）緩怠によって怒ったのを、かつて采女であった女性がこの歌を詠んでなだめたといいます。山の井は掘り井と違って浅いので、安積香山のアサを利かせて序にしています。前采女は、安積香山の影まで映る清冽な山の井のように、浅い心であなたを思っているのではありませんと歌う。勅使を迎える陸奥の国衙に、前采女が仕えていたのです。都の文化を地方に伝えるに最もふさわしいのが前采女でした。

　左注によれば、「風流の娘子」であるこの前采女は、「左の手に觴を捧げ、右の手に水を持ち、34 王の膝を撃ち」て歌を詠んだといいます。「膝を撃」つのは、王を交情にいざなう媚びでしょう。ミヤビと美貌を兼ね備えた前采女は、さながら﨟《ろう》たけた仙媛です。王の機嫌がたちまち晴れたことはいうまでもありません。

　この一首をめぐる経緯が、和文で記されれば、伊勢物語・大和物語のような歌物語となります。巻十六はそのような由縁ある歌を収録する巻です。

4　憧憬のヲトメ

伊勢物語の業平、平中物語の平定文、源氏物語の光源氏など平安の物語からは、憧憬の男性像が浮かび上がってきます。女房文学といわれるように、女性主導の文学だからでしょう。万葉集では女性から見た理想の男性像は鮮明な像を結びません。ミヤビヲ・マスラヲあたりが望ましい男の姿なのですが、それは女の憧憬を集めて造形された姿ではなく、官人たちの理念にとどまる印象があります。万葉集は総じて官人たちの感性に貫かれているように見えます。万葉から見えてくるのは理想の女性像です。神を迎えるヲトメや神仙のヲトメ像がそれですが、それらの美しいイメージが収斂《しゅうれん》されたところに家持のヲトメの歌三首があります。[35]

雄神川《をがみがは》紅《くれなゐ》にほふ少女《をとめ》らし葦付《あしつき》採ると瀬に立たすらし　（17・四〇二一）
春の苑《その》紅にほふ桃の花下照る道に出で立つ少女《をとめ》　（19・四一三九）
物部《もののふ》の八十《やそ》少女《をとめ》らが汲みまがふ寺井の上《うへ》の堅香子《かたかご》の花　（19・四一四三）

雄神川の歌には、「砺波郡の雄神河の辺にして作る」という題詞が付されています。越中守時代、部内巡視の際に目撃したヲトメです。「葦付」には「水松《みる》の類」という割注が施されていますが、地元特有の藻の一種です。家持自身の筆で記されたようです。雄神川には雄神神社がありますが、もしヲトメが巫女であるとすれば、この歌の印象はより鮮明となるでしょう。

春苑のヲトメには、以下述べるように舞姫の俤《おもかげ》があります。堅香子のヲトメは堅香子《かたかご》（カタクリ）の花と照りあって美しさに可憐さが加わります。それぞれの歌には享受者の想像を掻きたてる様々な要素があります。

巻十九巻頭に置かれる春苑のヲトメの歌と李《すもも》を歌った二首の題詞には「天平勝宝二年三月一日の暮に、春の苑の桃李の花を眺矚《なが》めて作る歌二首」と記されています。家持の見たのは桃と李の花だけであったのかもしれません。李の歌は題詞のとおり矚目《しょくもく》の景として李を捉えた叙景歌です。ヲトメは桃からの幻想であった可能性があります。実際にヲトメが春苑に立ち現れたと捉えても差し支えないのですが、仮にそうだとしても、家持にとってヲトメとはどのような存在だったのでしょうか。

従来この歌については、例えば芸文類聚の「南国に佳人有り。容華桃李の若《ごと》し」（巻八十六「李」の条）など漢文学に描かれる美人や、西王母（中国の伝説の仙女）を描いた唐画、あるいは正倉院の宝物の鳥毛立女屛風《とりげりつじょびょうぶ》などの影響が指摘されてきました。鳥毛立女屛風の絵は、樹下美人図です。豊満な唐美人でよく知られていますが、この歌の構図はまさに樹下美人です。家持が何に拠って一首を詠み上げたのか特定することは難しいのですが、そのイメージの底に漢文学や絵画があったことは先ず間違いのないところでしょう。

この歌を解く手がかりとなるのは、「苑」と「桃」です。苑と桃が二つ揃う場を想定すれば、それは懐風藻に歌われる詩宴です。苑と桃を題材とする詩は左記の例以下八首見られます。一例を挙げておきます。

五言　春日　応召一首　　美努浄麻呂

……階前桃花映え、塘上柳条新《あらた》し……糸竹広楽を遏《とど》め、率舞往塵に洽《あまね》し。……

（きざはしの前には桃の花が映え、堤の辺には柳が新鮮であり、……管絃は天上の音楽を地上に留めているようで、連れ立って舞う舞は前代の事跡より優れている。）

注目すべきは、苑と桃を歌った八首の内、七首まで歌舞に触れていることです。つまり懐風藻では、苑─桃─歌舞という詩的モチーフが完成していたといえます。家持を含む宮廷官人の漢文学において培われてきた詩的構図、苑─桃─歌舞の流れに沿って、家持の連想が流れたのではないでしょうか。とすればヲトメはいうまでもなく舞姫のイメージとなります。舞姫には仙媛や巫女につながるあでやかさがあります。

なお、この歌の結句の原文は「嬿嬬」であり、ヲトメと訓むのが現代ではほぼ定着していますが、万葉の伝本によってヲトメ以外に、イモ・ツマなどと訓まれ、必ずしも訓みは確定的ではありません。しかしイモ・ツマでは全く違った歌となります。妻の大嬢を歌ったともいわれるのは、イモ・ツマの訓みがそれなりの根拠を持っているからです。この歌を詠まれた天平勝宝二年（七五〇）三月一日現在、大嬢は越中に下向していましたので、状況としてはそのよう

な解釈は可能です。平安時代の私家集である家持集の歌仙歌集本にもこの歌が採られていて、結句は「いでたてるいも」となっています。俊成の古来風体抄がこの訓みで家持歌を引用しているところによれば、平安以降この歌は「いでたてるいも」の形で伝えられたようです。

「嬬嬬」の用字はイモ・ツマの訓みを排除するものではありませんが、その訓みではこの歌は万葉和歌史に根を下ろすことはできなかったでしょう。上に引用した人麻呂の、玉裳の裾を濡らす「嬬嬬」（1・四〇）のように、ヲトメとすべきです。イモ・ツマはどんなに美しくても、ヲトメとは次元を異にします。相手を自分と同じ次元の対関係として捉えたのがイモであり、ヲトメは決して対関係をなしえません。どんなに憧れても決して手の届かない聖なる女性、それがヲトメなのです。題詞や左注においてヲトメと表記されても、歌の中でイモと呼ばれれば対関係に取り込まれた女となりますが、歌中のヲトメは歌い手に対して決して対関係に立つことはありません。旅人の「松浦河に遊ぶ」の作品では、序や題詞にヲトメといいながら、歌中ではイモ・コと表現しています。仙媛を対関係に取り込もうとしたのがこの作品なのです。歌表現としてのヲトメはあくまで詠み手の遠く及ばない存在でした。

春苑のヲトメに対して、カタクリ（カタカゴ）のヲトメはまた異なった印象があります。「物《もの》部《のふ》の」は枕詞で、官人の意、宮廷には多くの官人が集うことから、大勢の意の「八十《やそ》」にかかり、多くのヲトメすなわち「八十少女」へと続きます。一首の意は、そのヲトメたちが入り乱

れて水を汲んでいる寺井のほとりのカタクリの花よ、となります。「寺井」は寺にあった井のことと思われますが、上に取り上げた「安積香《あさか》山影さへ見ゆる山の井の」（16・三八〇七）の「山の井」と同じく、掘りぬき井戸ではなく、清水が溜まっている水場がふさわしいでしょう。傍にカタクリが咲いているのですから、自然の湧き水のある場所を想定すべきです。

この歌のヲトメは春苑のヲトメのような高貴な身分ではなく、また巫女の印象をとどめる「葦付」を採るヲトメ（17・四〇二一）とも違って、市井のヲトメのようです。カタクリはユリ科の植物で、群生して春先に薄紅の可憐な花を咲かせます。うつむいて咲くのがこの花の特色ですが、その風情はまさにヲトメたちがうつむいて水を汲む姿です。断定はできませんが、家持の見たのは一群のカタクリの花だけではなかったでしょうか。その薄紅の可憐な花の風情がヲトメとなって、家持の心象風景を形成したものと考えられます。類《たぐい》まれな美しい歌です。家持のこれら三首のヲトメは紅《くれない》に彩られています。それは春の色調であり、家持は春の風光に最も鋭敏に反応した「風流才士」でした。

万葉集ではヲトメは、宇奈比ヲトメ・栄えヲトメ・香《にお》えヲトメ・海人《あま》ヲトメなどと熟語に用いられるものを除き、単独でうたわれるヲトメは約四〇首、多様なヲトメ像を展開しますが、身分や立場に関係なく、共通しているのはけがれのない神聖さです。そのヲトメを恋の関係すなわち「イモ」として取り込みたいという男たちの願望を、さらりと振り払う潔《いさぎよ》さがヲトメの特質です。家持のヲトメ三首は、ヲトメを得ようとする男の欲望を捨てて憧憬だけでなりたっていきます。憧憬に曳かれて恋歌の領域を越えていった歌というべきでしょう。

平安以降のヲトメはほとんど舞姫か舞姫のイメージで詠まれています。春苑のヲトメの先見性はそのような点からも注目すべきです。イモはどんなに美しくても俗の影を引きずっています。ヲトメは常に清らかでなければならない、その神性は平安のヲトメに引き継がれていきました。管見の範囲内ですが、一首だけ例外がありますので、参考のために挙げておきます。

源俊頼《みなもとのとしより》の次の歌です。

女の旁《かたはら》に障《さはり》あるだにねがへばまゐるなり、まして此身《このみ》はあやしけれど男のまねかたなればなどかはとおぼえて

をとめすらねがへば蓮に生《む》まるなりうべし背《せ》なにてなになげくらん（散木奇歌集九九〇）

詞書は、女性はけがれ多き身だが一心に祈れば極楽往生するという、まして私はいささか頼りなくても男のはしくれだから、どうしてと思われて、の意です。歌は詞書どおりの意で、「背《せ》な」（男）でありながらどうして嘆くのだろうか、となります。

ヲトメから神性を剝ぎ取って普通の女に埋没させた歌です。革新的な歌人である俊頼にしてはじめて詠み得た歌でしょう。

X　恋歌の表現

1　二つの表現様式

人を恋するという目に見えない心をことばで直接表現すれば、「恋ふ」「思ふ」で終わってしまいます。五句三十一文字という短詩型でありながら、それを埋め尽くすには容積が大きすぎるともいえるでしょう。「恋ふ」「思ふ」という心情を様々なことばによって覆いつくさなければならないのですが、そこには一定の様式がありました。様式に依存しなければ歌表現は成り立たないのです。

古今集の仮名序には「世中にある人、ことわざしげきものなれば、心におもふことを、見るもの、きくものにつけて、いひいだせるなり」とあります。人には様々なことがあるので、心に思うことを、見るもの聞くものに寄せて表現するのだといいます。心と外界である景との関係を見出すことによって、「人のこころ」の種子が様々な「ことの葉」を繁らせることになります。

「見るもの」「聞くもの」とは歌人をとりまく森羅万象すべてのものですが、万葉集には、それらと心との関わりから歌を分類した巻があります。相聞歌を寄物陳思（物に寄せて思を陳《の》ぶ）歌と正述心緒（正《ただ》に心緒《おもひ》を述《の》ぶ）歌に類別する巻十一と巻十二の「古今相聞往来歌」です（もっともこの巻には、他に旋頭歌・問答歌・譬喩歌・羈旅哥・悲別歌という歌体や歌作の状況から立てた部立もありますから、分類に一貫性があるわけではありません）。

2　寄物陳思歌

寄物陳思歌から見ていきます。「物に寄せて思を陳ぶ」は、歌の基本的な仕組みに言及した古今序の趣旨に近く、歌表現の軸になる発想です。

少女《をとめ》らを袖布留山《そでふるやま》の瑞垣《みづかき》の久しき時ゆ思ひけりわれは　（11・二四一五）

石上《いそのかみ》布留《ふる》の神杉《かむすぎ》神さびし恋をもわれは更にするかも　（11・二四一七）

紐鏡《ひもかがみ》能登香《のとか》の山も誰ゆゑか君来ませるに紐《ひも》解かず寝む　（11・二四二四）

遠山に霞みたなびきいや遠に妹が目見ずてわれ恋ひにけり　（11・二四二六）

一首目の「少女らを」は、結句の「思ひけりわれは」に続くという見方がありますが、「を」を間投の助詞とみれば、ヲトメが袖を振る、あるいはオトメに袖を振るとなります。袖をフルという、そのフル（布留）山の瑞垣が久しいという意を表して、本旨の「思ひけり」につなげているのですが、主題は、長い間あなたのことを思っていたことよ、となります。この歌を歌たらしめているのは、主題に対して脇役である上三句です。布留山すなわち布留の社は天理市に鎮座する石上神宮です。古代王権に深く関わった社であり、ご神宝の鉄剣七支刀は、四世紀後半百済《くだら》で造られ、朝廷へ献上されたものと考えられています。その布留の社の神聖な垣根は悠久の時を刻んでいます。瑞垣が嘱目の景だとすれば、作者は垣根を目撃しているだけです。しかし作者は、厳密に言えば歌の中の「われ」は、その瑞垣を通して向こうの世界を幻視していることになります。そこは石上神社の神域であり、聖なるヲトメ（巫女）が奉仕する永遠の神の世界です。結界をなす瑞垣はありふれた日常の垣根ではなく、神聖な神の世界を負った景です。それが「われ」の久しい恋を支えているのです。そこで「われ」の恋は、神の世界に根拠を持ったことになります。

引用した四首は、いずれも「柿本朝臣人麿の歌集に出づ」と注記された歌群に含まれますが、この一首目の歌は巻四に人麻呂作として重複します（五〇一）。そちらの方は、初句が「未通《を》女等《と》《め》《ら》が」（未通女等之）、結句が「思ひきわれは」（憶寸吾者）となっています。少女が袖を振って舞うイメージです。いずれにしろ、ヲトメは神女の印象があります。禁断の恋の雰囲気が漂ってきます。ここでは「を」を間投の助詞とみておきます。

「思ひけり」の「けり」は単なる完了ではなく、思わぬ発見の驚きを含む助辞で、こんなにも長く思っていたのだなあと、今更ながら変わらぬ恋を自覚したことになります。厳粛な社の雰囲気と袖を翻す巫女のあでやかな舞のイメージも伴って、「思ひけり」という心の象《かたち》を描きえた秀歌でしょう。この歌の場合、「寄物」の「物」は当然「少女《をとめ》らを袖布留山の瑞垣」となります。

二首目の「神さびし」は老いること。老年の恋です。「物」に当るのが「石上布留の神杉」で「神さびし」を導く喩的な序です。神が宿るほど年を経てからの恋に、心象風景として神杉が顕《た》ちあがってくる歌です。

三首目は、枕詞「紐鏡」の「紐」を「莫解《のと》か」（紐を解くな）と続けることばの綾から、「能登香」の山へつなげ、紐を解くなというその山でさえ、君が来れば紐を解かないだろうか、という流れです。「能登香」の山は、岡山県津山東方の山。峯が双子のように二つある秀麗な山で、西北の峰を能登香神といってよく雨を降らし、東南の峰を早風神といってよく風を鎮めたので、村民の尊崇を受けたといいます。「紐鏡」という枕詞は、ノトカからの連想によってできたものでしょうが、紐解きの俗信（紐が自然に解けるのは恋しい人が訪れる予兆とする）にかかわる神話伝承があったのかもしれません。

四首目の「遠山に」の歌の「霞みたなびきいや遠に」の背景には、土地讃《ほ》めあるいは春の到来に寄せる寿詞があったに違いありません。常陸国風土記の行方郡の条に、大足日子《おおたらしひこ》の天皇（景行天皇）が、「下総《しもつふさ》の国の印波《いなみ》の鳥見の丘」に登って東方を望み侍臣に勅して「海は即ち青波浩行《ただよ》ひ、陸《くが》は是丹霞空朦《にのかすみたなび》けり。国は其の中より朕《わ》が目に見ゆ」とおっしゃったので、「時人」はその土地を霞の郷と呼ぶようになった、という地名起源伝承が伝えられています。「霞たなびき」は、本来は生命力に溢れた春景の讃《ほ》め詞であり、季節歌に多用されるのもそのめでたさにあります。この歌では、遠くの山に霞がたなびいていよいよ遠くかすんでいる春の優美な風景が、そのまま恋人との心理的な距離となっています。逢えないという悲しみが、優美な色調を帯びる不思議さは、「寄物」の意外性がもたらした効果です。

このように物を心象風景として捉え、それに寄せて発想するのが寄物陳思歌ですが、次に述べる正述心緒歌は人事にこだわった歌です。

3 正述心緒歌

正述心緒は次のような歌をいいます。

たらちねの母が手放れ斯《か》くばかり為方《すべ》なき事はいまだ為《せ》なくに (11・二三六八)

人の寝《ぬ》る味眠《うまい》は寝《ね》ずて愛《は》しきやし君が目すらを欲《ほ》りて嘆くも (11・二三六九)

わが後に生れむ人はわが如く恋する道に会ひこすなゆめ (11・二三七五)

うち日さす宮道《みやぢ》を人は満ち行けどわが思ふ君はただ一人のみ (11・二三八二)

一首目はどうしてよいかわからない「為方《すべ》なき」恋を歌っていますが、自分が母から独り立ちして以来経験したことのない恋に陥った状態を述べることによって、恋を浮き彫りにしています。つまりモノに対して、自分の状況すなわちコトに寄せた歌です。したがって正述心緒歌は寄事・陳思歌というべき表現法となります。別の言い方をすれば、「見るもの」「聞くもの」が外部の自然などにある場合が寄物陳思であり、人の側にある場合が正述心緒となるわけで、その両者を一元的に説明したのが古今集の仮名序です。

二首目も、他人のように安眠できない自己の状況に寄せて恋人の目だけでも見たいという思いを述べています。三首目は、後に生まれる人は、自分のように恋の道に踏み迷ったりするな決して、の意で、自分の経験を他者に言いかけるという、コトに寄せた言いまわしで恋の苦しみを訴えた歌です。四首目は、宮道を行く多くの人たちを引き合いにして恋する君一人を取り上げるという発想です。

人を恋する心情は共通しながら、恋の状況や恋に対する考え方は個人によって異なります。個人のひとつの恋の中でも時々刻々と変化します。それらを取り上げることによって生み出されるものを正述心緒歌と称しているのです。

4　寄物陳思から正述心緒へ

恋歌はいずれかの方法をとるしかないのですが、発生的には景を喩的に取り上げそれに依存して歌う寄物陳思歌が先で、それが恋歌の基本であったと考えられます。歌数も寄物陳思歌の方が上まわります。巻十一の正述心緒歌と寄物陳思歌は、一四九首対二八五首、巻十二の場合は、一一〇首対一五〇首です。

どちらに軸足を置くかは歌人の個性に関わってもいます。正述心緒型の歌人として大伴家持を上げることができるでしょう。家持は越中守として赴任するまでの女性遍歴の中で八〇首近い恋歌を詠んでいますが、そのうち見立てや譬喩などによる寄物陳思型の歌は、一六首に過ぎません。もちろん判定の微妙なものもあってこの数字は厳密とはいえませんが、ほぼ五首に一首の割合です。その家持と歌を交わした笠女郎の恋歌では寄物陳思型の歌は一五首、全歌二九首ですから、およそ二首に一首の割合になります。参考のために家持と笠女郎のそれぞれの型の歌を一首ずつ挙げておきます。一首目が正述心緒歌、二首目が寄物陳思歌です。

家持の歌

　情《こころ》には思ひ渡れど縁《よし》をなみ外《よそ》のみにして嘆《なげき》そわがする　（4・七一四）

　石竹《なでしこ》のその花にもが朝《あさ》な朝《さ》な手に取り持ちて恋ひぬ日無けむ　（4・四〇八）

笠女郎

　わが形見見つつ偲《しの》ばせあらたまの年の緒長くわれも思はむ　（4・五八七）

　白鳥の飛羽《とば》山松の待ちつつそわが恋ひわたるこの月ころを　（4・五八八）

家持の一首目は名の知れない「娘子」に贈った歌。思い続けていても逢う手立てがないために、よそながら見るほかはない状況をそのまま歌っています。二首目は、恋しい大嬢がなでしこの花であってほしいと歌う。なでしこに寄せた歌です。笠女郎の一首目は、形見として贈った物で私を偲んでほしいという思いをそのまま歌っています。二首目は、飛羽山の「松」に「待つ」を掛けて待つ恋を歌います。「白鳥の」は「飛」の枕詞。「飛羽山」の「飛羽」にはトハ（永遠）が掛けられており、いつまでも待つという意味合いを持たせています。

寄物の大半は自然の景です。景は人を超えた神の側の秩序に属し、うつし世に顕現する神意の表象にほかなりません。生の証を景に求め畏れ敬うのが古代の生き方でした。寄物陳思はそのような意識の所産でしょう。それに対して正述心緒は人の側に立っての自己主張というべきで、そこには人が人として自立する尊厳の芽生えがあります。

寄物陳思の多くは景を喩として取り込みますが、恋の情にふさわしい景はおのずから限定され、それにともなって表現の類型化を招きやすくなります。正述心緒は、複雑な恋の状況や恋の認識に関わるため、表現領域を広げる可能性を持っています。家持が正述心緒に傾いたのは、そのような理由によるかと考えられます。

5　序詞の景

寄物陳思型に代表的なものは序詞を用いた歌です。上に引用した人麻呂歌集歌の「少女らを袖布留山の瑞垣の」は「久しき」を引き出す序詞でした。その景と心情との関係は基本的には譬喩となります。両者は異質な存在という意味で対立的でありながら、緊密な交流をなしています。歌の修辞法という視点から見れば、譬えられるもの（景）と譬えるもの（心情）との関係ですから、上句の譬えられる対象が、ともすれば心情表出の技法・手段にすぎないと受け取られ、下句の譬えるものに従属するような印象になりますが、そうではなく、両者の対等のせめぎあいこそが歌を成り立たせているわけです。それによって序の景が心情という形のないものに明確な象を結ばせることになるのです。

序詞の発生を神話的な文脈に置くのが近年の理解です。一例を挙げれば、古事記に次のような歌謡があります。嫉妬にかられて実家に帰ろうとする磐姫《いわのひめ》皇后が歌ったと伝えられる歌謡です。

つぎねふや　山城川を　川泝《のぼ》り　我が泝れば　川の辺《へ》に　生《お》ひ立てる　烏草樹《さしぶ》を　烏草樹の木　其《し》が下に　生ひ立てる　葉広《はびろ》　斎《ゆ》つ真椿《まつばき》　其が花の　照り坐《いま》し　其が葉の　広り坐すは　大君ろかも

花のように照り、葉のように寛らかにくつろぎいますと大君を讃《ほ》めています。「つぎねふや」から「斎つ真椿」までが序詞です。山城川を「我が泝れば」は神の行為であり、歌い手は神の位置に立って謡っているのです。烏草樹や椿は神によって見出された景です。その景によって大君を讃美するという構造です。

次の万葉歌は、この歌謡に見られる神話的な文脈を襲っているといえるでしょう。

道の辺《へ》の草深百合《くさふかゆり》の花咲《ゑみ》に咲《ゑ》みしがからに妻といふべしや　（作者未詳　7・一二五七）

路《みち》の辺の草深百合の後《ゆり》にとふ妹が命をわれ知らめやも　（作者未詳　11・二四六七）

一首目は、百合の花が咲くようにちょっと微笑みかけただけで、妻というべきだろうか、そんなことはないでしょう、という女の拒否の歌です。二首目は「百合」から掛詞で「後《ゆり》」に続ける序。後に逢いましょうというが、妹がいつまでの命かは分からない。だから早く会いたいという男の歌です。大君を讃美した古事記歌謡の構造すなわち神話的な文脈を踏襲している例となります。万葉の序歌は、このように何らかの神話的な文脈を引き継いで発展したものと考えられています。景は神の表象であるから、それを見出すのは神の領域に踏み込むことであり、そこから現実に戻ってくることによって序歌は成立します。神話的な文脈を踏むとはこのような意味においてです。

古事記歌謡に見られるような序詞が踏襲されている例として、さらに次のような万葉歌があります。

茅花《つばな》抜く浅茅《あさぢ》が原のつぼすみれいま盛りなりわが恋ふらくは　（大伴田村大嬢《たむらのおおいらつめ》　8・一四四九）

女郎花《をみなへし》咲く野に生ふる白つつじ知らぬこと以《も》ち言はえしわが背　（作者未詳　10・一九〇五）

田村大嬢の歌のつぼすみれは恋の盛りの譬喩、二首目の白つつじは同音の関係でシラぬを導き、あずかり知らぬことで噂を立てられたわが背よの意になりますが、浅茅とつぼすみれ、女郎花と白つつじは、それぞれどのような関係にあるのでしょうか。二首の景から心情への流れを図式的に示すと次のようになります。

浅茅が原（第一景）→つぼすみれ（第二景）→いま盛り

女郎花（第一景）→白つつじ（第二景）→知らぬ

心情表現につながっていくのは、第二の景であるつぼすみれや白つつじです。それぞれの歌の第一景と第二景とは事実の偶然性にもとづいているように見えます。もとより二つの景は同じ季節の中で共存し、共に競いながら野を彩っています。しかし心情との関わりでは第一景は、他の景に置き換えても一首の秩序を乱すことはありません。つぼすみれに対して浅茅、白つつじに対して女郎花でければならない理由はありません。その点では、歌謡の鳥草樹と椿との関係に近いといえるでしょう。

霍公鳥《ほととぎす》鳴く峯《を》の上の卯の花の厭《う》き事あれや君が来まさぬ　（小治朝臣広耳　8・一五〇二）

鶯の通ふ垣根の卯の花の厭き事あれや君が来まさぬ　（作者未詳　10・一九八八）

右の歌のように、第一景は霍公鳥であっても鶯であっても卯の花さえ提示すればよく、第一景は第二景に対して、歌表現のレヴェルでは必然性を持ちません。万葉の序歌の多くはこの段階に止まっているといえるでしょう。序歌は古今集以下の平安和歌に継承されていきますが、古今集の序歌の特色は、先ずは序の景のあり方に現れます。

秋の野のをばなにまじり咲く花の色にやこひんあふよしをなみ

（よみ人しらず　古今11・四九七）

咲く花の色から「色にやこひん」へと色の意義を変化させながら流れていく展開です。「色にやこひん」は秘すべき思いを表面に出して恋おうかの意、思うだけでは相手に伝わらないので、他人に知られる危険性を犯してでも表に出すべきかと逡巡する心が主題です。花は特定されていませんが、尾花に対して色鮮やかな花であることは間違いありません。色彩の地味な尾花に交じって鮮やかな色彩を放つ花という景から、多くの女の中から特に抜きん出た美しい女という関係が読み取れ、第一の景の必然性が確立しています。「咲く花」の提示には、おそらく男の垣間見《かいまみ》が暗示されていると思われます。垣間見はすでに述べたように、物語などで名場面となる恋のひとつの姿です。

山さくら霞の間よりほのかにも見てし人こそこひしかりけれ　（貫之　古今11・四七九）

春霞たなびく山の桜花みれどもあかぬきみにもあるかな　（友則　古今14・六八四）

貫之の歌は、万葉の「切目《きりめ》山往反《やまゆきかへ》り道《ぢ》の朝霞ほのかにだにや妹に逢はざらむ」（12・三〇三七）という類型を踏んでいますが、「ほのかに見」たのは桜なのか人なのか、どちらともとれるような歌い方です。桜と女とがひとつの象に結び合わされており、序が主題の内部にまで立ち入っているといえでしょう。霞と桜という二景が歌表現の上で必然性を持っています。友則の歌は、万葉の「見渡せば春日の野辺に立つ霞見まくの欲しき君が姿か」(10・一九一三)に拠っていますが、序の景のほのかにかすんでよく見えない桜が、恋人の俤《おもかげ》そのものであることは、貫之歌と同じで、共に序の景はよみ人しらずの「秋の野」の歌のように垣間見の喩であろうと思われます。

6 優美な景に彩られる恋

古今集の序歌の完成度の高さは、序の景が歌表現としての必然性を確立していることです。その兆しは天平の序歌の繊細な美意識にあったと考えられます。

秋萩に置きたる露の風吹きて落つる涙は留めかねつも　(山口王　8・一六一七)
わが屋戸《やど》の秋萩の上に置く露のいちしろしくも我恋ひめやも　(作者未詳　10・二二五五)

山口王の歌は家持に贈った歌です。天平の歌にふさわしく、萩と露という繊細な秋の風情を代表する美的なイメージから涙を捉えています。女は泣いていても美しく装わなければならなかったのです。二首目の作者未詳歌は、成立時代はわかりませんが、天平の頃と考えて間違いないでしょう。萩の露のように、はっきり目に立つように恋心をはっきり表したりしようか、の意で、秘すべき恋との対比で萩に置く露を捉えています。

草花を庭に植えて賞美する文化が定着して、繊細可憐な景が歌人たちを取り巻いていました。神の表象たる景がたわめられて、美意識の掌中に取り込まれ、優美な季節歌の主題ともなったのが天平の歌でした。しかし、萩と露との取り合わせは繊細で可憐なイメージを喚起しますが、歌表現の上では必然性を持ちません。萩でも女郎花でも菊でもよいわけです。序歌の様式にはさほどの変化のなかったのも万葉歌だからです。

おとにのみきくのしら露よるはおきてひるは思ひにあへずけぬべし
（素性法師　古今11・四七〇）

恋の主題にかかわる「おとにのみきく」（噂だけは聞いている）から、掛詞で、「菊」を起こし、菊に露を取り合わせ、そこから、夜は置き（起き）・昼間は日（「思ひ」の「ひ」に「日」を掛ける）に消えるという露の複雑な展開は、万葉では見られない構造です。主題すなわち心の文脈は、夜は起きて寝られず、昼は恋心に耐えられなくて死んでしまいそうだ、の意ですが、その心の文脈に対して、菊の白露は夜置いて昼は日に耐えられなくて消えてしまうという、景の文脈が立ち上がっています。縁語をたどれば、景自体が自立した秩序を作り出しているのです。この二重構造を緊密に融合させているのが、菊と聞く、置くと起く、思ひと日という掛詞です。縁語や掛詞を回路に、二つの文脈を何度も往復する構造です。

序歌は、古今集以降、このように景の文脈と心の文脈を、分かちがたく融合する方向へ発展していきます。縁語や掛詞を回路に、二つの文脈を何度も往復する構造です。万葉の序歌は原理的には、景の文脈（神の側）から心の文脈（人の側）への一方通行です。古今集以降の序歌のようにUターンはしません。

万葉の序歌は、判定の難しいものもあって、正確を期すことはできませんが、七〇〇首を超えます。およそ六首に一首の割合となります。古今集では一二〇首、多少減少して一〇首に一首強となりますが、それでも序歌は歌表現の代表的な様式でありつづけました。

ほのかな恋であれ激しい恋であれ、恋そのものは決して優美でも繊細でもないでしょう。むしろ嫉妬の苦悩や怨念を巻き込んで、独善的であり、エゴイズムそのものともいえます。しかし恋が美しいと思うのは、美しくありたいと願う、恋するものの普遍的な願望です。恋歌の風景が優美であるのは、たとえ怨念を伴っても恋は美しくなければならないからです。

恋歌が人を惹きつけるのは、美しく装われた情念の輝きだからです。

参考文献

1　高群逸枝『日本婚姻史』「序説・二」至文堂　一九六三・五。義江明子『日本古代の氏の構造』「日本古代の氏と『家』」吉川弘文館　一九八六・三
2　今井優「古代婚姻の原則」犬養孝博士古稀記念論集『万葉・その後』塙書房　一九八〇・五
3　孫久富『日本上代の恋愛と中国古典』「記紀・万葉から見た婚姻形態とその文学」新典社　一九九三・七
4　奥野彦六郎『沖縄婚姻史』第一章「部落圏内の歌舞と自由結婚」国書刊行会　一九七八・二
5　孫久富『日本上代の恋愛と中国古典』「記紀・万葉から見た婚姻形態とその文学」新典社　一九九三・七
6　森朝男『古代和歌の成立』「古代社会における恋愛と結婚」勉誠社　一九九三・五
7　田中貴子『聖なる女』人文書院　一九九六・四
8　保坂達雄『神と巫女の古代伝承論』第二部第二章「神婚伝承と斎宮伝承」岩田書院　二〇〇三・三
9　『高群逸枝全集』第六巻「日本婚姻史」理論社　一九六七・一
10　佐々木宏幹「カミダーリィの諸相―ユタ的職能者のイニシェーションについて」窪徳忠編『沖縄の外来宗教』弘文堂　一九七八・一
11　拙著『恋歌の風景』「斎宮の恋」新典社　二〇〇二・七
12　松前健『日本神話の新研究』桜楓社　一九六〇・八。小島瓔禮「イザナキ・イザナミの婚姻」『宗教研究』三五巻三号　一九六二・三。西田長男『古代文学の周辺』第一章第一節「神の堕獄の物語」南雲

桜楓社　一九六四・一二。益田勝実「古代文学の愛」『国文学』一三巻三号　学燈社　一九六八・八。西郷信綱「近親相姦の神話―イザナキ・イザナミのものがたりをめぐって―」『展望』一三九号　一九七〇・七

13　益田勝実『秘儀の島―日本の神話的想像力―』「読み・潜在への旅―ひとつの記紀神話の座標を求めて―」筑摩書房　一九七六・八

14　伊藤博『万葉集の歌人と作品』上「歌俳優の哀歓」塙書房　一九七五・四

15　古橋信孝「兄妹婚の伝承」『伝承と変容』シリーズ・古代の文学5　武蔵野書院　一九八〇・二

16　山口昌男『アフリカの神話的世界』岩波新書　一九七一・一

17　拙著『恋歌の風景』「兄妹婚の禁忌」新典社　二〇〇二・七

18　新谷正雄「恋と噂―万葉歌の「人言」を考える」『古代文学』四〇　二〇〇一・三

19　『柳田国男全集』一五巻

20　奥野六郎『沖縄婚姻史』国書刊行会　一九七三・三

21　臼田甚五郎「歌垣の行方」『國學院雑誌』五九巻一号　一九五八・一

22　『折口信夫全集』第九巻「万葉集講義」中央公論社　一九六六・七　初出『短歌講座』第五巻　改造社　一九三二・二など

23　西郷信綱『古代の声』「市と歌垣」朝日新聞社　一九八五・六

24　工藤隆・岡部隆志『中国少数民族歌垣調査全記録1998』一九九八・一〇

25　武田祐吉『上代国文学の研究』「東歌を疑ふ」博文館　一九二一・三。福井良輔『奈良時代の東国方

言の研究』風間書房　一九六五・六。水島義治『万葉集東歌の研究』「東歌の本質—その民謡性と非民謡性」笠間書院　一九八四・二。品田悦一「万葉集にとって民謡という概念はどこまで有効か」『国文学』四一巻六号　学燈社　一九九六・五
26 『折口信夫全集』第三巻「大嘗祭の本義」
27 大久間喜一郎『古代文学の伝統』「万葉集巻十三の意味」笠間書院　一九七八・一〇
28 関本みや子「万葉後期贈答歌の様相—藤原麻呂・坂上郎女贈答歌群をめぐって—」『上代文学』五〇号　一九八三・四
29 伊藤博『萬葉集釋注』二　集英社　一九九六・二。遠藤宏「最初期の大伴坂上郎女—藤原麻呂との贈答歌をめぐって—」『国語と国文学』七四巻四号　一九九七・四。真下厚「万葉贈答歌群のダイナミズム—藤原麻呂・大伴坂上郎女贈答歌群をめぐって—」『国語と国文学』七五巻五号　一九九八・五
30 『折口信夫全集』第二巻「水の女」中央公論社　一九六五・一二　初出『民族』第二巻第六号　一九二七・九、第三巻第二号　一九二八・一
31 齋藤茂吉『柿本人麻呂』第一冊「鴨山考」岩波書店　一九三四・一一
32 拙著『人麻呂幻想』新典社　一九九五・五
33 服藤早苗「遊行女婦から遊女へ」『日本女性生活史1　原始・古代』東京大学出版部　一九九〇・五
34 猪俣ときわ「後期万葉と『風流』」『古代文学』三〇　一九九一・三
35 拙著『天平の歌人　大伴家持』「憧憬の美学」新典社　二〇〇五・一〇

あとがき

ことばの精緻な綾織である歌は表現者の心を美しく装います。本書は万葉集の相聞歌の世界をそのような視点から概観したものですが、もとより全貌を把握することは到底なしえざることで、多くの宿題が依然として手元に残されています。

相聞歌に限らず、和歌は時代と共に新たな表現技法が見出され、抒情の奥行きを深くしてきましたが、必ずしも進化論的な展開を遂げたわけではありません。古い歌と新しい歌が共存して絶妙な調和を創り出すことも、他のジャンルには見られない和歌の顕著な特質です。例えば、新古今集の巻十一（恋歌一）冒頭近くに柿本人麻呂の歌が二首置かれています。

足引きの山田守《も》る庵《いほ》におくかびの下焦《したこが》れつつわが恋ふらくは（九九二）

石《いそ》の上布留《かみふる》の早稲田《わさだ》の穂には出ず心のうちに恋ひや渡らむ（九九三）

一首目の「かび」は鹿を威《おど》して追い払う鹿火、あるいは蚊やり火のことかといわれていますが、いずれにしろ「かび」のように思い焦れている心を歌い、二首目は「穂には出ず」すなわちおもてには表さないで恋いつづけることを歌ったものです。どちらも万葉の相聞歌の特色をよく表しています。この二首が古今集時代の伊勢集を出典とする歌と、本書でも取り上げた伊勢物語第一段の「春日野の」の歌に挟まれて配列されています。そして、それらの歌が中世の妖艶な恋歌と違和感もなく共存して、新古今集という美の宇宙を形成しているわけです。万葉歌のこのような遇し方は拾遺集に始まりますが、時代を軽々と越境する和歌の生命力は、はるか現代にも届いているように思います。おそらく万葉から現代短歌までを対象にした百人一首を撰することも可能でしょう。万葉の歌はどのような時代でも〈今〉の作品として捉えなおされてきました。

人麻呂は万葉を代表する歌人ですが、平安以降は主として私家集の柿本集を通して親しまれました。平安以降特に重んじられた万葉歌人は、この人麻呂と山部赤人、そして大伴家持の三歌人でしたが、いずれも私家集によって知られた歌人です。この著名な三歌人に万葉の他の歌が引き寄せられて伝えられていきました。当初は一部の専門歌人の目にしか触れなかった万葉集そのものも、時代と共に次第に広く知られるようになりましたが、一方では万葉の歌は三人の万葉歌人に仮託されて伝わっていきました。

人麻呂の「足引きの」の歌の原典は万葉巻十一の作者未詳歌（11・二六四九）、「石の上」は巻九の抜気大首《ぬきけのおおびと》の歌（9・一七六八）です。人麻呂の求心力に引き寄せられ、やがて人麻呂の歌として柿本集に取り込まれたものです。赤人集にいたっては、作者未詳歌を集めた万葉集巻十の異本といっても過言ではありません。赤人は巻十の多くの歌を引き連れて平安朝に下った歌人となります。和歌は時代を越えるばかりでなく表現者という個の存在を自在に越えていきます。

和歌と現代短歌の違いも、宿題のひとつで難しい問題ですが、短歌が現代の詩のひとつとして自己の表出に軸足を置くのに対し、和歌は自己を越えた共感の世界を目指す文学といえるでしょう。現代において万葉集が親しまれるのは、万葉の歌が、時代や作者を越えて享受者との間に共感の時空を創りだすからではないでしょうか。

万葉歌のすばらしさをどれだけ伝えることができたのか心もとない限りですが、幸運にも日本画家の佐藤平八氏に挿絵を描いていただくことができました。イメージの喚起にこれに勝るものはないでしょう。しかし挿絵は本文の単なる説明ではありません。絵画として鑑賞していただき、万葉の時代に夢を馳せていただければ幸いです。佐藤平八氏は、堅山南風に師事し、日本美術院無鑑査の杉崎芳章の門下生となった気鋭の画家です。謝意を表する次第です。

また、本書の上梓にご尽力くださった新典社の岡元学実社長をはじめ、稿の細部にわたって目を配っていただいた編集スタッフやデザイナーに深く感謝します。

二〇一〇年二月一日

菊池威雄

菊池　威雄（きくち　よしお）
1937年11月19日　長崎市に生まれる
1960年3月　山口大学教育学部第一中等学科卒業
1962年3月　早稲田大学大学院修士課程修了
専攻・学位　日本文学・博士
主著『柿本人麻呂攷』（1987年，新典社）
『日本の作家1 むらさきのにおえる妹 額田王』（1995年，新典社）
『人麻呂幻想』（1996年，新典社）
『高市黒人―注釈と研究』（編著，1996年，新典社）
『恋歌の風景―古代和歌の研究―』（2001年，新典社）
『仏の大地 チベット』（2003年，冬花社）
『天平の歌人 大伴家持』（2005年，新典社）
『万葉の挽歌―その生と死のドラマ』（2007年，塙書房）

万葉《まんよう》 恋歌《こいうた》の装《よそお》い　　新典社選書 29
2010年2月18日　初刷発行
著　者　菊 池　威 雄
発行者　岡 元　学 実
発行所　株式会社　新 典 社
〒101－0051　東京都千代田区神田神保町1－44－11
営業部　03－3233－8051　編集部　03－3233－8052
FAX　03－3233－8053　振　替　00170－0－26932

印刷所 恵友印刷㈱　製本所 ㈲松村製本所

ISBN978-4-7879-6779-4 C1395
http://www.shintensha.co.jp/　E-Mail:info@shintensha.co.jp